Erster Tag – Montag

Bei so einem Wetter jagt man keinen Hund auf d' Straß«, knurrte der Wachmann Leo Wissmann. Der Regen peitschte ihm schräg von vorne ins Gesicht. Am Nachmittag hatte noch die Sonne geschienen, aber, na ja, es war April. Der kleine, gedrungene Mann überquerte den Schillerplatz und warf einen Blick auf die mächtigen Mauern des Alten Schlosses. Einer der Scheinwerfer, die das Denkmal des großen Dichters in der Mitte des Platzes beleuchteten, schien falsch justiert zu sein und warf einen vom Regen verwischten Schatten auf die mächtigen Steinquader der Schlossmauer. Wissmann nahm sich vor, dies am nächsten Tag der Stadtverwaltung zu melden.

Der Wachmann freute sich auf das nächste Objekt, das er zu kontrollieren hatte: die Markthalle. Als er eine der schweren bronzenen Eingangstüren aufschloss, riefen von der Stiftskirche her die Glocken zum Abendgottesdienst um halb acht.

Bei keinem seiner Kontrollgänge nahm sich Wissmann so viel Zeit wie in der Markthalle. Er liebte den Geruch, der ihn empfing, sobald er den hohen, langgezogenen Raum des Jugendstilgebäudes betrat. Bis 18 Uhr boten hier die Händler Obst und Gemüse aus aller Herren Länder an: frische Datteln und Feigen, spanische Kakifrüchte, griechische Pfirsiche, Tomaten aus Lanzarote. Es gab aber auch heimische Speisekartoffeln, fris[illegible] derhöhen im Süden Stuttgarts und an den Metzgerständen Hausmacherwurst und Maultaschen. Über allem schwebte der Geruch, der aus den Kräuter- und Gewürzständen drang. An manchen Abenden war noch der eine oder andere Standbesitzer da, wenn Wissmann seinen Rundgang machte, aber heute war die Halle menschenleer.

Die schwere Pforte fiel hinter ihm zu. Wissmann schloss ab und richtete seine starke Handlampe nach oben. Spielerisch zeichnete er mit dem Lichtstrahl Figuren an die gewölbte Decke. Während er den hellen Keil weiter durch die Halle wandern ließ, griff er hinter sich nach dem Kippschalter. Die Deckenlampen gaben während der Nachtschaltung nur ein diffuses Licht ab.

Wissmann nahm bei seinem Kontrollgang immer denselben Weg. Es wäre ihm nie in den Sinn gekommen, den Ablauf seiner Überprüfung zu ändern. Sein ganzes Leben verlief nach den immer gleichen Regeln.

Plötzlich hörte er Schritte. Der Wachmann blieb stehen und hielt den Atem an. Da wieder! Dann klang es, als stieße jemand gegen eine Kiste oder ein anderes Hindernis.

»Ist da wer?« Die Schritte entfernten sich schnell. »Wer ist da?«, rief der Wachmann. Er rannte in die Richtung, aus der die Geräusche gekommen waren. Eine Tür wurde aufgerissen. Ganz am Ende des Ganges. Dort ging es in die weitläufigen unterirdischen Räume hinab, wo jeder Händler seinen eigenen Keller hatte, sauber abgeteilt durch Lattenwände. Der Wachmann erreichte die Kellertür. Als er nach ihr fasste, schwang sie von alleine auf.

Gleich hinter dem Eingang ging es eine steile Treppe hinab. Zögernd blieb Wissmann stehen. Nichts war zu hören.

Der Flüchtige konnte sich hinter jeder Ecke verstecken, er konnte auch eine der eisernen Luken aufgestoßen haben, durch die über Rutschen Waren in den Keller herabgelassen wurden, und auf die Straße hinausgestiegen sein. Außerdem gab es unterirdische Gänge, die in mehrere Richtungen führten. Der Wachmann horchte.
Die unterirdischen Räume gehörten nicht zu seinem Kontrollgebiet. Wissmann drückte einen Schalter neben der Tür. Blaues Neonlicht flammte zuckend auf, ehe es sich gleichmäßig ausbreitete. Alles war ruhig. Wissmann kamen Zweifel, ob er nicht einer Täuschung erlegen war. Er machte kehrt und stieg wieder zur Halle hinauf. Sorgsam schloss er die Tür hinter sich ab und schritt dann langsam durch den Mittelgang auf die Empore am anderen Ende zu, auf der sich ein feines italienisches Restaurant befand, das um diese Zeit freilich längst geschlossen war. Als er den Scheitelpunkt erreicht hatte, bog er um einen Stand, der Schwarzwälder Würste, Schinken und Schnäpse anbot und der genauso mit festen Planen verhängt war wie alle anderen. Jetzt ging er durch den linken Gang zurück.
Plötzlich blieb er abrupt stehen. Etwa zwanzig Meter vor ihm war ein Stand nicht aufgeräumt. Kisten stapelten sich unordentlich oder waren umgestürzt. Ein Teil der Waren lag auf dem Boden. Der Verkaufstisch war nicht abgedeckt.
Jetzt hörte der Wachmann ein leises Schluchzen. Er rannte los.
»Geza!« Der junge Mann, den Wissmann gerufen hatte, kauerte zwischen Obstkisten. Er stieß jetzt laute Klagelaute aus. Sein Körper pendelte hin und her, vor und zurück, vor und zurück, und immer wieder stieß er hervor: »Papa! Papa!« In der Hand hielt er ein Fleischermesser, dessen

Scheide mit einer schartigen rotschwarzen Blutkruste überzogen war. Vor ihm lag auf dem Rücken Joseph Janicek, Gezas Vater.
»Was ist denn passiert?«, fragte Leo Wissmann mit zitternder Stimme.
Der junge Mann starrte ihn nur an und wiederholte: »Papa!«
»Komm, gib mir das Messer!« Der Wachmann streckte seine rechte Hand aus. Mit der linken riss er nacheinander zwei Plastiktüten vom Haken, in die sonst Obst eingefüllt wurde. Eine zog er wie einen Handschuh über, in die andere ließ er das Messer gleiten, das ihm der junge Mann bereitwillig aushändigte.
Geza starrte unverwandt auf den Toten. »Papa?«
Wissmann griff nach seinem Handy und wählte die 110.

Ernst Bienzle gähnte verstohlen. Wenn es nach ihm gegangen wäre, hätte er schon vor einer Stunde Schluss gemacht. Aber Hannelore, die ohnehin nur selten vor Mitternacht ins Bett fand, ignorierte alle Signale ihres Partners. Auf dem runden Tischchen zwischen ihnen lag ein Stapel Reiseprospekte.
»Also St. Petersburg – ich weiß net«, sagte Bienzle.
»Du weißt, wie lange ich mir das schon wünsche. Drei, vier Tage würden wir alleine für die Eremitage brauchen.«
»Vier Tage für ein Museum?«
»Die Eremitage ist nicht nur ein Museum. Die ist ein Kulturereignis!«
»Aber der russische Wein ist bestimmt kein Kulturereignis.«
»Zehn Tage wirst du doch ohne Maultaschen und deinen

Trollinger auskommen! Ich denke, wir sollten Anfang Juni fahren. Geht das bei dir?«

»Den Termin müsst ich mit der Personalabteilung abklären.«

»Ja, bitte, mach das.«

Bienzle wiegte seinen Kopf hin und her, als ob er sich nicht sicher sei. »Vielleicht fahren wir nach meiner Pensionierung!«

»Fängst du jetzt schon wieder damit an. Du hast noch fünf Jahre Zeit.«

»Das glaub ich nicht!« Bienzles Antwort kam so ernst, dass Hannelore unwillkürlich aufschaute. »Ja«, fuhr er fort, »ich mach ja nicht irgend so einen Bürojob. Und es sind nicht nur die körperlichen Strapazen. Jeden Tag kommt was Neues. Erst letzte Woche hab ich mich wieder saumäßig blamiert, weil ich nicht g'wusst hab, dass man jedes Handygespräch über den Telefonanbieter zurückverfolgen kann bis zu dem, der gesprochen hat. Auch wenn der seine Nummer unterdrückt hat. Jedes, verstehst?«

»Ist ja nicht so schwierig. Aber so etwas ist doch noch lange kein Grund aufzugeben. Du löst deinen nächsten Fall genauso brillant wie die meisten bisher, und dann reden wir wieder.«

»Ja, ja, dann reden wir wieder. Aber ich muss auch noch entscheiden, ob ich zu meinem vierzigjährigen Abiturjubiläum nach Tübingen fahre.«

»Tübingen ist natürlich näher als St. Petersburg«, sagte Hannelore mit leiser Ironie in der Stimme.

Das Telefon klingelte. Bienzle ging sofort ran, froh, dass er auf Hannelores kleine Gemeinheit nicht antworten musste.

»Ja, Bienzle hier – Gächter, wo brennt's denn?«

»In der Markthalle«, kam es vom anderen Ende der Leitung. »Einer der Standbesitzer ist erstochen worden.«
»Ich bin in zehn Minuten vor Ort!«, sagte Bienzle.
»Das kommt ja wie bestellt.« Mit einem kleinen Seufzer schob Hannelore die Prospekte zusammen.

Als Bienzle und Gächter in der Markthalle eintrafen, war der Gerichtsmediziner Dr. Kocher schon da. Ohne aufzusehen, sagte er: »Der ist schon länger als eine Stunde tot.«
»Wie viel länger?«, fragte Bienzle.
»Alles Weitere nach …«
Bienzle hob die Hände. »Nach der Obduktion, ich weiß.«
Geza Janicek saß auf einer umgekippten Obstkiste und pendelte mit seinem Oberkörper. Die Hände hatte er vor das Gesicht geschlagen. »Ich bin schuld«, jammerte er ein ums andere Mal. »Ich bin schuld!«
Bienzle schaute den jungen Mann verwundert an. »Und wer sind Sie?«
Der Wachmann Leo Wissmann hatte sich die ganze Zeit im Hintergrund gehalten. Jetzt trat er vor und sagte: »Das ist der Sohn von ihm.« Er nickte zu der Leiche hin. »Aber er ist nicht so ganz richtig im Kopf. Ich habe ihn bei dem Toten gefunden. Das Messer hat er in der Hand g'habt.«
Der Mann, der noch immer wimmernd auf der Obstkiste kauerte, nahm jetzt die Hände von seinem tränenüberströmten Gesicht. Bienzle schätzte ihn auf zwanzig, höchstens zweiundzwanzig Jahre. Fast unnatürlich blaue Augen starrten den Kommissar an. Die schwarzen Haare standen in allen Richtungen vom Kopf ab.
»Hat es einen Kampf gegeben?« Der Kommissar deutete auf ein paar Kisten und Bretter, die wild durcheinanderlagen.

Kocher meldete sich: »Nach den Verletzungen zu schließen, ist der Mann nach hinten gekippt und hat die Sachen umgerissen.«
»Da ist übrigens noch einer g'wesen«, berichtete Wissmann.
Bienzle fuhr zu ihm herum. »Noch einer? Hier in der Halle?«
Wissmann nickte. »Wie ich Licht angemacht hab, isch jemand weggerannt.«
»Weg? Wohin?«
»Er ist durch den Keller abgehauen. Zur Tür hat er net rauskönne. Die hab ich ja hinter mir abg'schlossen.«
»Haben Sie die Person erkannt?«
»Nein!«
»Wann war das?«
»Kurz bevor ich den Toten und den Geza hier gefunden hab. Ich kann's Ihnen auch genau sagen: 19 Uhr 27. Das ist eine Berufskrankheit, dass ich automatisch auf mei Uhr guck, wenn was passiert!«
Bienzle beugte sich über die Leiche. »Wie heißt er überhaupt?«
»Janicek. Joseph Janicek«, antwortete der Wachmann.
»Au net grad a schwäbischer Name.«
»Er stammt aus Tschechien, wenn ich's recht weiß.«
Gächter, der sich sofort nach ihrer Ankunft zu den Beamten der Spurensicherung gesellt hatte, trat nun zu Bienzle. »Da, die haben wir bei dem Toten gefunden.« Er streckte Bienzle eine Brieftasche hin.
»Zeig!« Bienzle zog Plastikhandschuhe an und öffnete die Brieftasche, ein feines Stück aus weichem, dunklem Leder. Neben einem Führerschein und den Fahrzeugpapieren für

eine teure Luxuslimousine sowie ein paar Restaurantbelegen kamen zwei Fotos zum Vorschein. Das eine zeigte den Toten mit einer Frau, Mitte, Ende dreißig. Sie war einen halben Kopf größer als Janicek, sehr schlank und sah mit einem herausfordernden Blick in die Kamera. An Selbstbewusstsein schien es ihr nicht zu mangeln. Das zweite Bild war eine Porträtaufnahme derselben Frau. Hier lächelte sie mädchenhaft mit schiefgelegtem Kopf. »Als ob sie kein Wässerle trüben könnt«, sagte Bienzle mehr zu sich selbst.

»Das ist in Prag aufgenommen worden.« Gächter zeigte auf das Bild des Paares. »Da, schau, das ist auf der Karlsbrücke.«

Bienzle nickte und überlegte, ob er Hannelore nicht Prag statt St. Petersburg vorschlagen sollte.

»Das Handy da haben wir auch bei dem Toten gefunden«, sagte Gächter. Er hob eine durchsichtige Plastiktüte hoch, in der sich das Mobiltelefon befand. »Es ist nur ein Anruf auf der Mailbox. Die anderen Anrufer haben nichts draufgesprochen.«

Gächter wählte durch die Tüte hindurch die Nummer der Mailbox und hielt das Handy an Bienzles Ohr. Eine aufgeregte weibliche Stimme war zu hören: »Ich bin's, Joseph, warum meldest du dich nicht? Bitte, melde dich doch!« Es klang gedämpft, aber das konnte an der Plastikummantelung liegen.

»Wann war der Anruf?«, fragte Bienzle.

»Heute Nachmittag, 15 Uhr 18.«

Bienzle machte sich eine Notiz in ein kleines Büchlein, das er sich erst kürzlich angeschafft hatte. Früher hatte er sich alles so merken können. Aber in letzter Zeit hatte er immer häufiger festgestellt, dass er Einzelheiten vergaß. »Man muss feststellen, wer die Anrufer waren, die nix g'sagt habet!«

»Ja, logisch.«

»Und alle Nummern, die er selber angerufen hat. Und noch was, Gächter!«

»Ja?«

»Lass dir von dem Wachmann den Fluchtweg von dem Mann zeigen, der verschwunden ist. Vielleicht findet ihr ja was.«

Die Leiche lag jetzt in einem Blechsarg. Der Deckel wurde von zwei Beamten geschlossen. Plötzlich sprang Geza auf. Er verkrallte sich in der Uniformjacke eines der beiden Polizisten. »Nicht«, schrie er, »nicht!« Mit dem Fuß trat er gegen den Sargdeckel. Der junge Mann entwickelte erstaunliche Kräfte. Zwei Schutzpolizisten eilten ihrem Kollegen zu Hilfe. Sie griffen nach Gezas Armen und versuchten, den Jungen zu bändigen, aber das schien seine Kräfte zu verdoppeln. Er schlug um sich, biss, kratzte und heulte dabei auf wie ein wildes Tier. Endlich gelang es einem der Beamten, dem Jungen einen Arm auf den Rücken zu drehen. Gemeinsam drückten er und sein Kollege Geza, der sich auch jetzt noch wehrte, auf den Boden. »Nein! Nein! Das dürft ihr nicht. Das ist gemein. Das dürft ihr nicht!« Einer der Polizisten griff nach den Handschellen, die er an seinem Hosenbund festgehakt hatte.

Bienzle fing den verzweifelten Blick des jungen Janicek auf.

»Lasst ihn los!«, sagte der Kommissar.

Die Beamten reagierten nicht. Bienzle wurde scharf: »Loslassen, hab ich g'sagt!« Und dann: »Ruhig! Ganz ruhig!« Das galt den Polizisten genauso wie dem jungen Mann. Geza beruhigte sich. Die Beamten lockerten ihre Griffe.

Der Kommissar beugte sich weit zu dem Jungen hinab, in dessen Mundwinkel sich Speichel angesammelt hatte. »Ich bin der Bienzle.« Geza Janicek schaute nur stumm zu dem schweren Mann auf, der jetzt sanft fortfuhr: »Und Sie? Wie heißen Sie?« Geza reagierte nicht darauf. Geduldig fragte der Kommissar weiter: »Verraten Sie mir bitte Ihren Namen?«

»Ich bin doch der Geza.« Erst jetzt fiel Bienzle auf, wie weich die Gesichtszüge des jungen Mannes waren, wie die eines kleinen Kindes.

»Geza Janicek?«

Der junge Mann nickte.

»Herr Janicek, wir müssen Sie mitnehmen.«

»Warum?«

»Wir zwei müssen irgendwo ganz in Ruhe miteinander reden.«

»Ja«, sagte Geza. Die Beamten waren ein paar Schritte zurückgetreten. Der junge Janicek stand auf. »Ja«, sagte er noch einmal und griff nach Bienzles Hand. Der Kommissar registrierte diese Geste überrascht, und fast schien es, als geniere er sich ein wenig. Aber er führte Geza Janicek dann wie ein Kind zu einer der Hallentüren.

Draußen regnete es noch immer, und der Wind hatte noch zugenommen. Zwischen Markthalle und der Südseite des Alten Schlosses standen hintereinander mehrere Einsatzwagen der Polizei auf der Dorotheenstraße. Geza hielt noch immer Bienzles Hand fest. Unwillkürlich wechselte der Kommissar zum Du: »Magst mit mir im Polizeiauto fahren?«

Geza nickte heftig.

»Na, dann komm!«

Ein Schutzpolizist schob die Seitentür zu einem der Polizeibusse auf. Bienzle und Geza stiegen hinein. »Zum Präsidium, bitte«, sagte der Kommissar.
Der Fahrer drehte sich zu Bienzle um. »Ist das nicht der mit dem Messer, also, ich mein, der mutmaßliche Täter?«
»Das ist der Geza Janicek«, sagte Bienzle.
»Ja, aber so ungesichert …«
»Jetzt fahren Sie bitte, Kollege. Auf meine Verantwortung!«
Der Fahrer zuckte die Achseln, startete den Motor, schaltete den Scheibenwischer ein und fuhr los. Bis zu diesem Augenblick hatte der junge Mann Bienzles Hand festgehalten. Jetzt ließ er sie los. Leise sagte er: »Mein Papa. Wo ist mein Papa?«
»Ich werde dir das alles nach und nach erklären. Jetzt fahren wir erst mal zu mir ins Polizeipräsidium. Dort müssen wir dich ein paar Sachen fragen, und dann musst du wahrscheinlich auch dort übernachten.«
»Bei dir?«
»Nein, im Präsidium. Du kriegst da ein eigenes Zimmer.«
»Ganz allein?« Geza begann zu zittern.
Plötzlich packte den Kommissar tiefes Mitleid mit dem jungen Mann, und zugleich überkam ihn selbst eine leichte Panik. Er fühlte sich von der Situation überfordert. Man würde ganz schnell einen Psychologen brauchen. Er sah zu Geza hinüber, der jetzt stammelte: »Ich will nicht allein sein.«
Was war los mit diesem jungen Mann, der mindestens zwanzig Jahre alt war und doch redete wie ein Kind?
»Arbeitest du in der Markthalle?«, fragte Bienzle.
»Ja, bei meinem Papa!« Die Frage schien Geza beruhigt zu haben.

»Hast du das richtig gelernt?«
»Ich kann alles! Sogar besser als der Siggi!«
»Und wer ist der Siggi?«
»Der Siggi halt.«
Die nächtlichen Straßen in Stuttgart waren fast leer. Das Polizeifahrzeug erreichte das Präsidium schon nach wenigen Minuten. Als sie ausstiegen, rannte Geza los. Er war schnell. Der Fahrer holte seine Waffe aus dem Holster. »Halt!«, schrie er. »Stehen bleiben!« Und zu Bienzle: »Der haut ab!«
»Ach was, der will boß net nass werden.«
Tatsächlich rannte der junge Janicek auf den Eingang zu und blieb unter dem Vordach stehen. »Mach doch, Bienzle«, rief er, »es regnet doch!«

»Und Sie sind ganz sicher, dass da noch einer war?«, fragte Gächter den Wachmann, als sie ins Kellergewölbe unter der Markthalle hinabstiegen.
Leo Wissmann blieb stehen. »Ich bin mir ja auch nicht ganz sicher g'wesen, weil er so plötzlich verschwunde war. Wie vom Erdboden verschluckt! Zwischendurch hab ich tatsächlich denkt …, also gedacht, dass ich mir das alles nur eingebildet habe. Aber ich hab doch seine Schritte gehört, und ganz kurz hab ich ihn auch gesehen, wie er durch die Tür ist.«
»Könnten Sie ihn beschreiben?«
»Nein, mit dem besten Willen nicht. Also größer als ich war er bestimmt, und er könnt einen schwarzen Mantel angehabt haben. Aber das Licht war ja nicht so gut.« Leo Wissmann gab sich große Mühe, hochdeutsch mit dem Kommissar zu reden.

Gächter sah sich um. Sie hatten einen Platz erreicht, von dem in mehreren Richtungen lange Gänge abgingen. Ein Kellerraum reihte sich an den anderen, und alle waren durch akkurate Lattenwände voneinander abgeteilt. Die Türen, ebenfalls aus Holzlatten gefertigt, trugen Nummernschilder.
»Der ganze Keller steht unter Denkmalschutz«, wusste der Wachmann.
Gächter versuchte sich zu orientieren. »Wenn man hier rausgeht«, er zeigte auf ein paar Steinstufen, die in einen ummauerten Gang führten, »wo kommt man da hin?«
»Zum Marktplatz und dann weiter bis zur Marienstraße. Die ganze Innenstadt ist untertunnelt. Unterirdisch ischt die Stuttgarter Innenstadt wie ein Schweizer Käs. Gänge überall. Aber er hätt auch dort durch die Luke rauskönnen.«
Leo Wissmann kletterte auf einen Steinsockel und stemmte eine Art Falltür hoch. Regen stiebte herein. Gächter stieg zu Wissmann hinauf und streckte seinen Kopf ins Freie. Er schaute über die Münzstraße zum Kaufhaus Breuninger hinüber. Ein Pärchen, das durch die Arkaden kam, erschrak und konnte gerade noch ausweichen. »Dem hätt ich jetzt beinah den Kopf abgestolpert«, sagte der Mann.
»Hier könnt er raus sein«, hörte Gächter Leo Wissmann sagen.

»Jetzt dreh dich zur Seite«, sagte Bienzle.
Geza Janicek schien die Prozedur zu gefallen. Er lächelte und zeigte sein schönstes Fotolächeln. »Krieg ich dann auch ein Bild?«, fragte er.
Bienzle schaute den Polizeifotografen an. »Eigentlich

nicht!«, sagte der. »Das sind amtliche Fotos zur Identifikation.«
»Ich schau mal, was sich machen lässt.« Bienzle trat zu Geza. »Und jetzt noch die Fingerabdrücke.«
»Hier rüber!«, sagte der Beamte.
Geza folgte ihm willig, aber als der Polizist die Hand des jungen Mannes nehmen und die Finger aufs Stempelkissen drücken wollte, zog der mit einem Aufschrei die Hand zurück. »Nicht! Das darf der nicht!«
Bienzle gab dem Kollegen ein Zeichen, und zu Geza sagte er: »Komm, das tut doch nicht weh. Gib mir bitte deine Hand!«
Und so kam es, dass der leitende Hauptkommissar Ernst Bienzle zum ersten Mal in seiner Laufbahn die Fingerabdrücke eines Verdächtigen abnahm.
Zwei uniformierte Beamte traten ein. »Die Männer kümmern sich jetzt um dich«, sagte Bienzle.
Gezas Augen weiteten sich vor Schreck. »Nein!«, schrie er. »Ich will zu meinem Papa!«
»Ich versteh dich ja.« Bienzle versuchte, seiner Stimme einen besonders beruhigenden Ton zu geben. »Aber das geht jetzt nicht. Leider!«
»Aber ich will zu meinem Papa!«
»Sie müssen heute Nacht hier bleiben, Herr Janicek«, sagte Bienzle nun sehr bestimmt.
»Ich will heim. Zu meinem Papa.«
»Jetzt komm, sei vernünftig, Kerle«, sagte einer der uniformierten Beamten, und Bienzle sagte beruhigend: »Es passiert dir nichts.«
Überraschend fügte sich Geza plötzlich, aber als er abgeführt wurde, schaute er noch einmal in Bienzles Augen. Mit

seinem Blick flehte er den Kommissar förmlich an. Doch dann fiel die Tür ins Schloss.

Draußen hatte der Regen noch immer nicht nachgelassen. Der Kommissar hätte sich von der Fahrbereitschaft ein Auto geben lassen können, aber er zog es vor, ein Stück zu Fuß zu gehen. Später konnte er sich ja dann immer noch ein Taxi rufen. Bienzle drückte seinen Hut tief in die Stirn, zog den Schal fester um den Hals und stapfte die Heilbronner Straße hinunter. Der Gedanke, seinen Beruf aufzugeben, war schon lange in Bienzles Kopf. Es gab ja die Möglichkeit, sich frühzeitig pensionieren zu lassen. Jeder würde es verstehen, wenn ein Sechzigjähriger sagte: »Ich fühle mich den Aufgaben nicht mehr gewachsen.«

Er hatte ja eigentlich gar nicht Polizist werden wollen, sondern Lehrer wie sein Vater. Aber dann hatte er das Abitur nicht geschafft – »zu viele andere Interessen«, hatte sein Klassenlehrer damals missbilligend gesagt. Eigentlich war es gar nicht richtig, zu der Feier des vierzigjährigen Abiturjubiläums zu fahren. Aber sie hatten ihn eingeladen, und immerhin hatte er viele Jahre zu der Klasse gehört.

Bienzle blieb stehen und schnäuzte sich die Nase. Von seinem Hutrand herab ergoss sich ein kleines Rinnsal direkt vor seine Schuhspitzen.

Er hatte sich damals strikt geweigert, noch ein Jahr dranzuhängen und die Prüfung zu wiederholen. Stattdessen hatte er sich an der Polizeischule beworben und war ohne Probleme aufgenommen worden. Und er hatte sich hochgedient bis zum leitenden Hauptkommissar. War das eine Karriere? Was war überhaupt eine Karriere? Bienzle faltete sorgfältig sein Taschentuch zusammen und steckte es in die Hosentasche.

»Wir leben auf einem laufenden Band«, hatte er einmal bei Max Frisch gelesen. »Und es gibt keine Hoffnung, dass wir uns selber nachholen und einen Augenblick unseres Lebens verbessern könnten. Wir sind das Damals genauso wie das Heute, und was würde es nützen, das, was war, jetzt zu verwerfen?«
»Chabis«, würde sein Schweizer Kollege Hunkeler sagen. Aber so ein schönes Wort für das, was man nicht wichtig nehmen sollte, gab es im Schwäbischen nicht. Zumindest kannte er keins.
Bienzle nahm seinen Weg wieder auf. Links von ihm gähnte ein riesiges schwarzes Feld. Hier war einmal der Güterbahnhof gewesen. Jetzt bauten sie »Stuttgart 21« – unter der Erde einen weltstädtischen Bahnhof, oben ein teures Einkaufs-, Wohn- und Büroviertel. Als ob man nicht von allem schon genug hätte. Und was das Geld kostete! Und was man mit diesem Geld Besseres hätte anfangen können! Da wäre ihm viel eingefallen. Aber bis dieses Angeberprojekt fertig war, lebte er vermutlich gar nicht mehr, oder er war so alt, dass er sich nicht mehr dafür interessierte. Warum gab es bloß im Schwäbischen kein so schönes Wort wie das schweizerische »Chabis«?
Er war dann am Schlossplatz in die Straßenbahn Richtung Sillenbuch eingestiegen, hatte sie an der Haltestelle Stafflenbergstraße verlassen und war die zweihundert Meter zu seiner Wohnung in schnellem Schritt zu Fuß gegangen. Er war ein wenig atemlos, als er die Tür zur Wohnung aufschloss.
Hannelore war schon im Bett. Auf dem Couchtisch lagen noch die bunten Reiseprospekte. Zwei Angebote hatte Hannelore rot angekreuzt. Bienzle ging in die Küche, zog

den Kork von einer halbgeleerten Rotweinflasche, goss sich ein Glas Spätburgunder ein und kehrte zurück. »Tu ihr doch den Gefallen«, hörte er sich leise selber sagen. »Was tut sie nicht alles für dich!« Auch das war neu, dass er jetzt manchmal mit sich selber sprach.

Zweiter Tag – Dienstag

Als Ernst Bienzle am nächsten Morgen schon gegen halb neun Uhr in Gezas Zelle trat, fand er den jungen Janicek unter dessen Bett. Er hatte sich aus der überhängenden Decke eine Art Schlafhöhle gebaut, in der er zusammengekauert auf der Seite lag.

Bienzle beugte sich hinunter. »Guten Morgen, Herr Janicek. Wie geht's Ihnen?«

Geza zeigte keine Reaktion. Er starrte Bienzle nur an. Der Kommissar setzte sich mit gekreuzten Beinen auf den Boden, was ihm sichtlich schwerfiel. Ein leiser Schmerz zog sich vom Steißbein bis zu den Halswirbeln hinauf. Ächzend lehnte sich der Kommissar an die Wand. Jetzt war er annähernd auf gleicher Augenhöhe mit Geza. »Sie wissen, was gestern passiert ist?«

Geza drehte sich um, das Gesicht zur Wand hinterm Bett.

»Ihr Vater ist ermordet worden. Mit einem Messer!«

Keine Reaktion. Allerdings schien es, als ziehe der junge Mann seinen Körper noch enger zusammen.

»Das Messer haben Sie in der Hand gehabt, Geza. Sie erinnern sich? Haben Sie damit zugestochen?«

Geza antwortete nicht.

»Oder haben Sie Ihren Vater mit dem Messer in der Brust gefunden?« Jetzt stieß Geza ein paar Laute aus. Bienzle beugte sich weit vor, und nun verstand er: »Ich bin schuld. Ich bin schuld.«

»Das wollen wir ja grad rauskriegen, ob Sie schuld sind …«
Mühsam stemmte sich Bienzle hoch, zuerst auf ein Knie, legte dann beide Hände flach auf den Oberschenkel und wuchtete seinen schweren Körper in die Senkrechte. Dann streckte er die Arme senkrecht nach oben, als ob er sich erst einmal geradeziehen müsste, und machte ein paar Schritte durch den Raum. Dicht vor dem Bett blieb er wieder stehen und sah auf den Jungen hinab, der immer noch unter der Klappliege kauerte. »Aber dazu müssen Sie reden …«
Geza schwieg.
»Also so kommen wir nicht weiter«, sagte der Kommissar nun streng. Er wollte zur Tür gehen, aber da fühlte er, wie sich zwei Hände um seinen Knöchel schlossen. Der Griff war kräftig. Bienzle hatte ein Gefühl, als stecke sein Bein plötzlich in einem Schraubstock.
»Nicht gehen. Bleib hier. Wo ist der Papa? Papa.«
Bienzle versuchte vergeblich, seinen Knöchel aus dem Griff zu lösen. »Geza! Bitte. Der Papa kommt nicht. Er kann nicht …« Der Kommissar verlor das Gleichgewicht und fiel unsanft gegen die Wand. »Geza. Bitte. Ich schick Ihnen jemand, der sich um Sie kümmert. Versprochen!«
Der Vollzugsbeamte, der im Korridor darauf gewartet hatte, für den Kommissar wieder aufzuschließen, hatte wohl das kleine Gerangel bemerkt und riss nun die Tür auf. Er kam Bienzle zu Hilfe und zog Geza mit Gewalt weg. Der junge Janicek schrie voller Angst und Panik: »Nein! Nein!!! Nicht gehen! Nicht!« Er schlug mit geballten Fäusten um sich und strampelte mit den Beinen.
»Ich komm doch bald wieder!« Bienzle versuchte, seiner Stimme etwas Beruhigendes zu geben. Und zu dem Voll-

zugsbeamten sagte er: »Ich sorg dafür, dass jemand vom Sozialen Dienst kommt.«
Geza wimmerte: »Ich will zum Papa! Papa!«
Bienzle verließ fast fluchtartig die Zelle, ohne sich noch einmal umzusehen.

Als er in sein Büro kam, standen Gächter, Schober und der Gerichtsmediziner Dr. Kocher an dem kleinen Tisch, auf dem die Kaffeemaschine mit nervtötender Langsamkeit ihr braunes Gebräu produzierte. Die drei hatten Bienzle noch nicht bemerkt, weshalb er belustigt zuschauen konnte, wie Kocher an Gächter den Mord zu demonstrieren versuchte. »Der Täter muss sehr dicht vor dem Opfer gestanden haben. So etwa …« Kocher schob seinen linken Arm um Gächters Hüfte, zog den Kommissar zu sich her und holte mit dem imaginären Messer in seiner rechten Hand aus. Die Szene wirkte wie eine Umarmung.
Bienzle rief glucksend. »Habt ihr was mit'nander?«
Gächter grinste: »Morgen wollten wir uns outen!«
Doch Kocher ließ sich nicht aus dem Konzept bringen. »Der Stich ist von schräg unten geführt worden und hat zwischen dem dritten und dem vierten Rippenbogen seinen Weg direkt ins Herz gefunden.«
»Sehr poetisch!« Bienzle ließ sich in seinen Schreibtischstuhl fallen.
Schober legte eine Plastiktüte auf den Tisch, in der sich die Tatwaffe befand, und sagte nüchtern: »Auf dem Messer sind die Fingerabdrücke des Opfers, die von seinem Sohn und dann noch von einer dritten Person.«
»Möglicherweise Siegfried Körner«, ließ sich Gächter hören. »Er ist der einzige Angestellte von Janicek. Die Tat-

waffe gehört wahrscheinlich zu den Messern, die am Stand benutzt werden.«

Schober nickte. »Wir wissen jetzt auch, wem das Handy gehört, von dem aus Joseph Janicek angerufen worden ist.« Er machte eine bedeutungsvolle Pause.

»Ja, und?« Bienzle hasste es, wenn einer nicht einfach und sachlich berichten konnte.

»Es gehört Joseph Janicek.«

»Hä?«, machte Bienzle. »Er ist von seinem eigenen Handy angerufen worden?«

Kocher lächelte. »Wenn Sie eine Freundin hätten, würden Sie ihr ja vielleicht auch ein Handy schenken und die Gebühren übernehmen.«

»Ich *hab* a Freundin! Aber auf die Idee dät i net komme.«

Schober reichte Bienzle einen Zettel. »Und das sind zwei Nummern, die er gestern von seinem Handy aus angerufen hat. Um 10 Uhr 40 hat er mit einem Santini, Vorname Luca, von Beruf Goldschmied, telefoniert.«

»Den müsst dann jemand überprüfen«, warf Bienzle ein.

Schober fuhr fort: »Um 17 Uhr 25 hat er Albrecht Sailer, Christophstraße 13, angerufen. Beide Nummern sind übrigens bei Janicek auch eingespeichert.«

»Und? Sagt uns der Name Sailer etwas?«

»Hab ich nachgeprüft: Albrecht Sailer ist der Wirt vom ›Goldenen Anker‹. Und er war einer der besten Kunden von Janicek!«

Bienzle streckte die Beine weit von sich, hakte die Daumen in den Hosenbund, legte den Kopf zurück und memorierte: »Der Geza Janicek saß bei der Leiche. Er ist der Schlüssel zu diesem Fall. Wenn er nicht der Mörder ist, dann mit Sicherheit ein wichtiger Zeuge.«

»Womöglich hat er ja den Mann erkannt, der weggerannt ist«, warf Gächter ein.
Bienzle seufzte. »Wenn i no wüsst, wie mr aus dem Jungen was rauskriegt.«

Um diese Zeit war die Markthalle belebt. Die Kunden drängten sich durch die schmalen Gänge zwischen den Ständen: Hausfrauen, Köche, Feinschmecker oder auch nur Flaneure, die das bunte Leben hier genossen. Auf engstem Raum präsentierten die Händler ihr überbordendes Warenangebot. Jeder versuchte, die Konkurrenz mit der Dekoration seines Verkaufsstandes zu übertreffen. Am deutlichsten wurde das bei den Obst- und Gemüsehändlern, die ihre heimischen und exotischen Produkte in farbenfrohen Arrangements anboten.
Bienzle und Gächter bahnten sich ihren Weg vorbei am Gewürzmayer, am Schwyzer Stand und am El Mercado Español. Janiceks Stand war mit rot-weißen Polizeibändern abgesperrt. Zwei uniformierte Beamte bewachten ihn und wurden offensichtlich von einer Gruppe Neugieriger mit einer Menge Fragen bedrängt. Ein untersetzter, circa dreißigjähriger Mann, der eine blaue Latzhose trug, sagte gerade zu einem der Schutzpolizisten: »Sie müssen mir Auskunft geben. Ich arbeite hier, und ich muss wissen, was mit meinem Chef passiert ist.« Eine dünne, hochaufgeschossene Frau um die sechzig, die ihre Hände in den Taschen ihrer Kittelschürze vergraben hatte, nickte heftig. »Mich dät des au interessiere. I bin schließlich sei Nachbarin!«
»Eins nach dem anderen, wie seit alters.« Bienzle trat zwischen die Diskutanten und stellte sich vor. Er musterte den Mann in der Latzhose: »Sie müssten Siegfried Körner sein.«

»Ja, des ischer, ond i bin die Frau Schierle«, sagte die dürre Frau in der Kittelschürze.

Bienzle lächelte sie an. »Der Herr Körner kann sicher selber antworten.«

»Ich bin ja wie vor den Kopf geschlagen«, sagte Körner. »Wer kann nur so was gemacht haben?«

»Das versuchen wir zu klären«, gab Bienzle zurück. »Gehen Sie gerade mal mit meinem Kollegen Gächter. Wir haben draußen einen Kleinbus, da können Sie ungestört reden.« Er sagte nicht, dass Körner dort vor allem die Fingerabdrücke abgenommen werden sollten. Der vierschrötige Mann nickte nur und folgte Gächter durch die Tür auf die Dorotheenstraße hinaus.

Frau Schierle baute sich vor Bienzle auf. »'s Maul lass i mir fei net verbiete!«

»Das würd ich auch gar nicht versuchen«, gab der Kommissar gemütlich zurück.

Prompt schob die Marktfrau nach: »Stimmt des, dass Sie den Geza verhaftet hent?«

»Vorläufig festgenommen«, verbesserte Bienzle.

»Ha, ihr schpinnet doch.«

Bienzle lachte kurz auf. »Das könnt mr jetzt direkt als Beamtenbeleidigung auslegen.«

Frau Schierle blieb unbeeindruckt. »Der Geza könnt doch seim Vadder nie was doe. Der ischt doch an dem g'hange wie a kleins Hundle.«

»Was fehlt ihm eigentlich?«

»Er hat en Hirnschade. Seit seinem fünften Lebensjahr.«

»Wissen Sie, wie's dazu gekommen ist?«

»Nein. Da ist nie drüber g'schproche worde.«

»Wo ist denn Ihr Stand?«, fragte Bienzle.

»Gleich hier danebe. Obst und Gemüse Schierle. Steht doch dran! Kartoffeln aus eigenem Anbau. Die beschte, die Sie in dr ganze Markthalle kriege könnet.«
»Da nehm ich vielleicht nachher welche mit.« Bienzle hatte Frau Schierle am Ellbogen gefasst und ein wenig zur Seite gezogen. »Ich möchte Ihnen was zeigen.« Er zog das Foto aus der Innentasche seiner Jacke, auf dem Janicek mit seiner Begleiterin zu sehen war. »Kennen Sie die Frau?«
Frau Schierles Blick ging unwillkürlich nach oben, zu der Galerie und zu dem darüberliegenden Stockwerk, von dem man nur eine Reihe von Bogenfenstern sah, hinter denen Büros untergebracht waren. »I han mir doch glei denkt, dass da was läuft zwische dene.«
»Sie kennen also die Dame?«
»Die Mechtel? Ha, die kennt hier jeder. Die schafft doch als Sekretärin beim Herrn Katzbach, dem Leiter vom Marktamt.«
Bienzle sah zu den Bogenfenstern hinauf. »Und das ist dort oben?«
Frau Schierle nickte. »Wenn Sie noch mehr wisse wollet, müsset Se aber mehr als a Kilo Kartoffel kaufe!«
Bienzle ging nicht darauf ein. »Der Herr Janicek war doch verheiratet …«
»Ja, aber die Frau ischt scho lang weg. Und seitdem ischt der Joseph Vater und Mutter für den Geza g'wese. Rührend, sag ich Ihne! Der hätt für sei Büeble alles g'macht. Der Geza ischt seim Vadder aber auch nicht von der Seite gewiche. A richtigs Trimpele Trampele – Sie kennet doch des Lied?« Und plötzlich begann sie leise zu singen: »Solang ich leb auf Erden, will ich dein Trimpele Trampele sein. Und wenn du einst gestorben bist …« Sie unterbrach sich, und Bienzle

beendete die Strophe im leisen Singsang: »... dann trampel ich hinterdrein.«

»Wenn's net so ernst wär, wär's direkt luschtig«, sagte Frau Schierle und ging an ihren Stand zurück. Von dort rief sie herüber: »Aber eins sag ich Ihne: Der Geza war des net. Des schlaget Se sich aus'm Kopf.« Dass der Kommissar bei ihr einkaufen würde, glaubte sie jetzt nicht mehr.

Siegfried Körner hatte auf dem Weg zum Polizeibus kein Wort gesprochen. Als Gächter ihn um seine Fingerabdrücke gebeten hatte, war Körner der Aufforderung sofort nachgekommen. Trotzdem wirkte er angespannt. Es gelang ihm nicht, ein nervöses Zucken im rechten Mundwinkel unter Kontrolle zu bringen, obwohl er sich sichtlich bemühte. Seine Augen, die tief in den Höhlen lagen und über denen die dichten schwarzen Brauen an der Nasenwurzel zusammengewachsen waren, wanderten unstet hin und her, als ob sie ständig nach etwas suchten.

Gächter reichte Körner ein Tuch, damit er die Stempelfarbe von den Fingern abwischen konnte. »Das ist Routine. Gehört zu unserer normalen Spurensicherung.«

»Schon klar«, sagte Siegfried Körner. »Wann kann ich eigentlich den Stand wieder aufmachen?«

Gächter sah ihn überrascht an. »Sie? Ja wollen Sie ihn denn allein weiterführen?«

»Ja, warum nicht? Ich war in letzter Zeit oft damit alleine.«

»Und Ihr Chef?«

»Der ist ... also, der war ziemlich viel unterwegs.«

»Wo waren Sie eigentlich gestern Abend nach Feierabend?«

Körner schaute Gächter aus zusammengekniffenen Augen an. »Also doch nicht nur Routine.«
»Sagen Sie's einfach!«
»Zuerst war ich im ›Scharfen Eck‹ und dann daheim.«
»Von wann bis wann waren Sie im ›Scharfen Eck‹?« Gächter hatte das Gefühl, dass er jetzt nicht lockerlassen durfte.
»Wenn ich das noch so genau wüsste. I schau ja nicht ständig auf die Uhr.«
»Länger als halb acht Uhr?«
»Sie, ich habe echt keine Ahnung!« Die ganze Zeit hatte Siegfried Körner weiter seine Finger abgewischt, obwohl sie längst sauber waren.
Jetzt nahm ihm Gächter das Tuch aus der Hand. »Glauben Sie, dass Geza es getan haben kann?«
Das Zucken in Körners Mundwinkel wurde noch ein wenig heftiger. »Man weiß ja nicht, was in ihm vorgeht.«

Geza Janicek war von der Arrestzelle im Polizeipräsidium in die U-Haftanstalt Stammheim verlegt worden. Ein Routineakt. Niemand hatte ihm erklärt, was mit ihm geschah, und der Beamte vom Sozialen Dienst hatte sein Kommen mehrfach verschoben. Eine Stunde nachdem der junge Janicek eingeliefert worden war, sah ein Vollzugsbeamter zum ersten Mal durch die Klappe. Entsetzt riss er die Tür auf. Geza lag am Boden. Sein Körper wand sich in Zuckungen. Seine Stirn war aufgeschlagen, sein ganzes Gesicht blutverschmiert. Blut lief auch über die Wand unterhalb des Fenstergitters. Der Junge musste sich mit den Händen am Gitter hochgezogen und so lange mit dem Kopf gegen die gekalkte Mauer geschlagen haben, bis seine Stirn eine einzige Wunde war.

Jetzt saß Bienzle an Gezas Bett in der Krankenstation. »Was machst du denn auch für Sachen.« Der Satz kam ihm selber albern vor. Wie oft war der wohl an Krankenbetten gesprochen worden? Geza sagte nichts. Er lag auf dem Rücken und starrte an die Decke.

»Mensch, Geza!«

Langsam wendeten sich die Augen des Jungen Bienzle zu.

»Du hast mich eing'sperrt«, flüsterte er kaum hörbar.

»Was?«

»Eing'sperrt hast du mich!«

»Ja, stimmt. Aber des hat halt sein müssen.«

»Warum?«

»Du bist doch gestern Abend neben deinem Papa gesessen …«

»Ich will zu meinem Papa!«

»Mit dem Messer in der Hand …«

»Das darf der Papa nicht wissen.«

»Das mit dem Messer?«

»Mit dem Messer, ja.«

»Ich sag's ihm nicht.«

»Ich mach's auch nimmer.«

»Was?«

»Ich mach's nimmer. Ganz bestimmt.«

Bienzle tätschelte den Arm des Jungen. »Morgen besuch ich dich wieder.« Er ging hinaus und suchte den Arzt.

»Er hat sich ganz schön zugerichtet«, sagte Dr. Brocher, den Bienzle schon seit vielen Jahren kannte. »Zum Glück sind es nur Platz- und Schürfwunden. Wir haben ihm ein Beruhigungsmittel gegeben.«

»Ich glaube, er fühlt sich auf irgendeine Weise schuldig am Tod seines Vaters. Gleichzeitig scheint er sich an das Ge-

schehen letzte Nacht überhaupt nicht zu erinnern«, sagte Bienzle.
Brocher war ein Mann um die fünfzig mit einem feinen, schmalen Gesicht, dem zwei tiefe Falten auf beiden Wangen einen melancholischen Ausdruck verliehen. »Das ist bei derartig emotionalen Erschütterungen keine Seltenheit. Er verdrängt das Geschehen. Es ist so unerträglich für ihn, dass er es komplett ausblenden muss.«
»Sie meinen, er weiß wirklich nicht, was passiert ist?«
»Ja, da bin ich ziemlich sicher. Die Verdrängung ist ein Schutzmechanismus der eigenen Psyche.«
»Aber wird er sich denn irgendwann wieder an alles erinnern können?«
»Schwer zu sagen. Vielleicht, wenn er zu jemandem Vertrauen fassen würde und sich sicher und entspannt fühlen könnte.«
»Möglicherweise kann ich das ja nach und nach erreichen. Ich denke, dass er schon ein gewisses Vertrauen zu mir gefasst hat. Wissen Sie denn, ob er irgendwo in Behandlung ist oder war?«
»Ja, der Kollege heißt Frenzel. Dr. Max Frenzel. Er hat seine Praxis am Feuersee.«

Günter Gächter war um die gleiche Zeit erneut in der Markthalle angekommen. Langsam stieg er die breite Treppe zum Galerierestaurant hinauf. Immer wieder blieb er stehen, um einen Blick auf die bunte Vielfalt der Stände hinabzuwerfen. Er lebte nun schon seit fast dreißig Jahren in Stuttgart, aber er hatte noch nie hier eingekauft. Das kam ihm jetzt absolut unverständlich vor. Er liebte gutes Essen. Manchmal kochte er sogar selbst. Und nirgendwo sonst in

der Stadt fand man alle Zutaten, alle Köstlichkeiten so nah beieinander und in einer so beispiellosen Qualität. Schade, dass es zurzeit niemanden gab, für den er gerne gekocht hätte.
Im Restaurant waren alle Tische besetzt, aber es fand sich noch ein Platz auf einem hohen Hocker an der Theke. Gächter bestellte Spaghetti mit Muscheln und einen herben Weißwein. Im Gegensatz zu Bienzle konnte er mit den Angaben auf der Weinkarte nichts anfangen. Eigentlich war er Biertrinker. Aber erstens schien ihm sein Lieblingsgetränk nicht so recht zu dem italienischen Essen zu passen, und zweitens wurde er leicht müde, wenn er schon um diese Tageszeit Bier trank. Er beobachtete die Gäste. Das waren andere Leute als jene, die drunten an den Ständen einkauften. Hier versammelten sich Geschäftsleute, Büroangestellte, vielleicht der eine oder andere Beamte aus den umliegenden Landesministerien. Gächter fiel ein, dass er auch noch Siegfried Körners Alibi im »Scharfen Eck« überprüfen musste. Dort würde er sich vermutlich wohler fühlen als hier.
Das Essen kam schnell, und Gächter verzehrte es hastig. Der Wein war ihm zu süß, und die Rechnung fand er am Ende zu hoch. Er suchte den Weg zum Marktamt, das irgendwo oben unter dem gewölbten Dach sein musste.
»Ich warte schon seit sieben Minuten«, sagte der Marktamtsleiter Katzbach, als er Gächter hereinließ. »Jetzt wollt ich gerade was anderes machen. Ich meine, Sie haben sich doch telefonisch angemeldet, da kann man doch erwarten …«
»Tut mir leid«, sagte Gächter, obwohl das überhaupt nicht der Fall war.

Aber Katzbach schien gar nicht zugehört zu haben. »Sie glauben ja gar nicht, was hier los ist.«
»Sie meinen wegen des Mordes an Herrn Janicek?«
»Das auch, das auch. Aber das ist ja nicht alles, was hier so auf einen einstürmt.« Gächter sah den Marktamtsleiter an. Er war mittelgroß, drahtig und hatte ein scharfgeschnittenes Windhundgesicht. Die Haare hatte er mit Gel fest an den Kopf geklebt. Seine Lippen waren ungewöhnlich schmal. Um den Mund spielte ein harter Zug. »Also, bitte, Ihre Fragen!«
Gächter räusperte sich. »Wer kommt denn außerhalb der Öffnungszeiten in die Markthalle hinein?«
»Eigentlich niemand. Aber wer will, findet schon einen Weg.«
»Wie denn das?«
»Ich zeig's Ihnen.« Katzbach sprang aus seinem Schreibtischstuhl und eilte zur Tür. Gächter hatte Mühe, Schritt zu halten. Sie stiegen eine Treppe zur Galerie hinab. Von hier hatte man einen guten Überblick über die ganze Halle. Gächter stellte fest, dass Janiceks Stand inzwischen von der Polizei geräumt worden war. Siegfried Körner bediente gerade eine Kundin. Katzbach war bereits ein paar Schritte weiter, kehrte aber zurück und sah nun auch hinunter. »Heute Morgen sind schon die ersten Interessenten für Janiceks Stand bei mir auf der Matte gestanden. Da war der Mann wahrscheinlich noch keine zwölf Stunden tot. Tscha, wie die Leute halt so sind.«
»Die Namen hätte ich dann gerne.«
»Ich kann Ihnen natürlich eine Liste der Bewerber geben«, sagte Katzbach, »aber es läuft eh auf Siegfried Körner hinaus. Der ist schon lang scharf auf einen eigenen Stand.«

»Ach ja? Ich denke, er war seinem Chef so ergeben?«
»Ja, da ist natürlich etwas dran. Aber das muss ja nicht dagegen sprechen, dass er eigene Interessen hatte.«
Fünf Minuten später waren Gächter und Katzbach in den Katakomben der Markthalle angekommen. »Es gibt hier unzählige Löcher und Luken, durch die Einbrecher rein- und rausgelangen können«, erklärte Katzbach. Er öffnete eine angelehnte Eisentür. Der Raum dahinter war rußig und dunkel. »Das war früher mal der Kohlenkeller.« Katzbach deutete zu den Oberlichtern hinauf, deren gemauerte Mulden mit Stahlrosten abgedeckt waren. »Die Roste da oben braucht man nur anzuheben, und schon ist man hier drin.«
»Und warum werden die Luken nicht einfach vergittert?«
»Könnte man. Wird aber nicht gemacht. Wegen des Denkmalschutzes. Kommen Sie. Der Keller dort vorne gehört zu Janiceks Stand. Es ist einer der größten. Er wollte eben immer von allem das Beste. Tscha, das nützt ihm jetzt auch nichts mehr.«
»Keller?«, sagte Gächter. »Das sind doch ganz einfach Lattenverschläge.«
»Funktioniert aber. Die Räume werden sorgfältig instand gehalten.« Katzbach war schon wieder ein paar Schritte voraus.
Gächter rief: »Wo ist eigentlich Ihre Sekretärin?«
Katzbach fuhr herum. »Frau Mechtel? Warum wollen Sie das wissen?«
»Wir würden gerne mit ihr über Joseph Janicek sprechen. Sie stand ja wohl in einer engen Beziehung zu ihm.«
Katzbach sah Gächter direkt in die Augen. »Also, da müssen Sie sie schon selber fragen. Zurzeit ist sie allerdings für ein paar Tage im Urlaub.«

»Dann weiß sie womöglich noch gar nicht, was passiert ist?«
»Woher soll ich das wissen?«, gab der Marktamtsleiter patzig zurück. »War's das jetzt?«
»Fürs Erste ja, aber ich werde Sie sicher noch das eine oder andere Mal belästigen müssen.«
»Von mir aus, wenn es sich einrichten lässt.« Katzbach stieg mit schnellen Schritten die Treppe hinauf, wartete ungeduldig an der Tür, bis Gächter ihn eingeholt hatte, sagte knapp: »Den Weg nach draußen finden Sie ja«, drehte sich um und hastete den Gang zwischen den Ständen hinab.

»Den Zeitpunkt haben wir jetzt genauer: Janicek wurde gegen 19 Uhr erstochen. Plus, minus zehn Minuten.« Dr. Kocher stand vor Bienzles Schreibtisch und sah auf den Kommissar hinab, der in seiner üblichen Haltung, die Beine weit von sich gestreckt, die Daumen in den Hosenbund gehakt, dasaß und nicht erkennen ließ, ob er überhaupt zuhörte.
Doch jetzt sagte er, mehr zu sich selber als zu Kocher: »Der Wachmann hat Geza und den Toten exakt um 19 Uhr 27 entdeckt.«
Kocher sah noch mal in seine Notizen. »Also circa zwanzig Minuten, maximal eine halbe Stunde nachdem Janicek ermordet wurde. Der Wachmann hat doch ausgesagt, er habe einen Mann wegrennen sehen ...«
Bienzle nickte. »Wenn das der Mörder war, was hat der dann so lang noch in der Halle gesucht?«
»Ja, *wenn* das der Täter war ...« Bienzle beachtete Kochers Einwand nicht. Doch der Gerichtsmediziner fuhr unbeirrt fort: »... und nicht doch Geza Janicek.«

Bienzle sah zum ersten Mal auf. »Je mehr ich über den Bub nachdenk, desto rätselhafter wird mir der Fall. Was hätt der für einen Grund, den eigenen Vater zu erstechen?«
Gächter, der in diesem Moment den Raum betrat, warf ein paar Seiten Papier auf den Tisch. »Da, die Antwort auf unsere Anfrage beim BKA: Siegfried Körner ist mehrfach vorbestraft wegen schwerer Körperverletzung. Zuletzt saß er zwei Jahre im Knast, und gleich nach seiner Entlassung hat ihn Janicek eingestellt.«
»Feiner Zug von dem Mann, Vorbestrafte haben sonst nicht so viel Glück«, warf Kocher ein.
Gächter nickte. »Und jetzt will der Körner sogar das Geschäft übernehmen, hat mir der Marktamtsleiter erzählt. Der hat mir übrigens auch gezeigt, dass man in die Halle auch nach Marktschluss leicht rein- und rauskommt, wenn man sich auskennt.«
Bienzle stand auf und griff nach seinem Hut, der an einem Haken neben der Tür hing. »Dann sollte sich mal jemand um das Alibi von Siegfried Körner kümmern. Machst du das, Gächter?«
»Und was machst du?«
»Ich geh zu Dr. Frenzel. Das ist der Arzt, der den Geza behandelt.«
»Ach was, der Frenzel?«, sagte Kocher. »Guter Mann!«
»Ja, wenn Sie's sagen.« Bienzle verließ das Büro.

Dr. Kocher kenne er gut, sagte Dr. Max Frenzel eine halbe Stunde später. Der habe mal als Assistenzarzt bei ihm gearbeitet, als er selbst noch in Tübingen an der Universitätsklinik gewesen sei. »Tüchtiger Mann, ein bisschen selbstverliebt.«

Bienzle lächelte. »Das hat sich bei ihm nicht verändert.«
Dr. Frenzel war Anfang sechzig und ziemlich korpulent. Bienzle ertappte sich bei dem Gedanken, dass ein Arzt eigentlich nicht dick sein dürfte, weil so einer doch von Berufs wegen gesund leben müsste.
Frenzel lächelte den Kommissar an und sagte, als habe er Bienzles Gedanken erraten: »Ich lebe gern gut, das sieht man, nicht wahr?«
»Niemand hat dafür mehr Verständnis als ich«, gab Bienzle zurück.
Dr. Frenzel saß auf seiner Untersuchungsliege und baumelte mit seinen kurzen Beinen. Bienzle hatte auf einem Stuhl Platz genommen. Jetzt stieß sich der Arzt mit beiden Fäusten von der Liege ab und sprang mit einem kleinen Hüpfer auf den Boden. »Mögen Sie einen Espresso oder einen Milchkaffee? Ich hab da so eine Wundermaschine, die macht alles, sogar Schümli auf Schweizer Art.«
Bienzle lehnte ab. Er wollte endlich zur Sache kommen. Auch jetzt schien der Doktor wieder die Gedanken des Kommissars lesen zu können. »Na gut, zur Sache: Geza Janicek war fünf Jahre alt, als er in die Garagenauffahrt rannte, während sein Vater rückwärts herausfuhr. Er sah den Jungen vermutlich gar nicht.«
Bienzle stockte der Atem. »Der Vater hat den eigenen Sohn überfahren?«
»Ja. Es war ein schrecklicher Unfall. Geza lag fast drei Wochen im Koma. Sein Gehirn hat dabei einen schweren Schaden erlitten, so dass seine geistige Entwicklung in diesem Alter stehengeblieben ist. Sein Vater hat sich in der Folgezeit rührend um ihn gekümmert und ihn zu den verschiedensten Therapien begleitet.«

»Und die Mutter?«
»Das war der nächste Schicksalsschlag für den Jungen. Sie hat ihn und seinen Vater kurz nach dem Unfall verlassen. Wahrscheinlich hat sie das alles nicht verkraftet.«
»Jetzt hätt ich doch gern einen Kaffee«, sagte Bienzle, »einen ganz normalen, wenn Ihre Maschine den auch macht.«
Dr. Frenzel schob eine Kaffeetasse unter den Spender und drückte auf einen Knopf. Das Mahlwerk röhrte kurz los, und Sekunden später troff die schwarze Flüssigkeit schon in die Tasse.
Bienzle sagte: »Wir haben Geza Janicek neben der Leiche seines Vaters angetroffen. Er hat die Mordwaffe – ein Fleischermesser – in der Hand gehabt. Aber er kann keine Angaben machen, wie es passiert ist, ob er selbst zugestochen hat, ob er auf andere Weise an der Tat beteiligt war oder ob er nur etwas gesehen hat. Er scheint bis heute noch gar nicht begriffen zu haben, dass sein Vater tot ist.«
Frenzel stellte die Kaffeetasse vor Bienzle auf den Tisch. »Das passt.«
»Wie, das passt?«
»Es passt zu seinem Trauma.«
Bienzle nahm einen Schluck Kaffee und nickte anerkennend. »Schmeckt gut! – Haben Sie irgendeine Idee, wie man das Trauma auflösen könnte, um seiner Erinnerung nachzuhelfen?«
»Wenn man genau wüsste, was passiert ist, könnte man das Geschehen vielleicht nachspielen. Kann sein, dass sich Geza dann erinnern würde und Ihnen genau erzählen könnte, was er gesehen hat. Aber das bedeutet ein erhebliches Risiko für den Patienten. Niemand kann sagen, wie er auf so ein Experiment reagiert.«

Bienzle nickte. »Ich verstehe. Zuerst sollten wir also alle anderen Möglichkeiten prüfen. Ich mag dem Jungen nicht schaden.«
»Ja, nicht wahr, er wächst einem schnell ans Herz«, sagte Dr. Frenzel.

Als Bienzle die Arztpraxis verließ, sah er auf die Uhr. Es lohnte sich nicht mehr, noch mal ins Präsidium zurückzukehren. Das Wetter hatte in den letzten Stunden umgeschlagen. Plötzlich war es warm geworden. Bienzle zog seine Jacke aus und hängte sie lose über die Schultern. Vor dem »Trollinger«, einem schwäbischen Lokal direkt am Feuersee, saßen sogar schon ein paar Leute draußen unter den Kastanien. »Man kann's auch übertreiben«, brummte Bienzle. Aber dann sah er da einen Mann sitzen, der ihm irgendwie bekannt vorkam. Der Kommissar blieb stehen und musterte ihn ungeniert. Er saß auf einem der Holzstühle, vor ihm auf dem Tisch ein Glas Mineralwasser und ein aufgeschlagenes Buch, über das er sich beugte.
Bienzle ging einen Schritt näher. »Aichinger? Helmuth Aichinger?«
Der Mann sah auf, kniff die Augen zusammen, hob abwehrend beide Hände und rief: »Nichts sagen. Ich komm gleich drauf – Bienzle? Ernst Bienzle? Ja, wo kommst jetzt auch du her?«
»Direkt vom Schaffe!«, sagte Bienzle und streckte dem anderen die Hand hin.
»Komm, hock dich her!« Aichinger rückte einen Stuhl zurecht. »Trinkst a Viertele, ich lad dich ein.«
Bienzle deutete auf das Glas Mineralwasser. »Und du?«

»Alkohol hat mir der Arzt verboten. Dabei trinkt der selber gern.«
»Dr. Frenzel?«
»Genau der. Kennst du den?«
»Ich komm grad von ihm. Warum wechselst du den Arzt nicht, wenn der dir's Trinke verbietet?«
»Weil der Frenzel leider recht hat. Noch einen Herzinfarkt kann ich mir nicht leisten.«
Helmuth Aichinger war in Bienzles Klasse gegangen, damals im Tübinger Keplergymnasium. Richtig gute Freunde waren sie gewesen. Sie hatten dieselben Bücher gelesen, dieselben Mädchen verehrt, dieselben Lehrer geliebt oder gehasst, je nachdem. Einen Unterschied hatte es freilich gegeben. Aichinger hatte zu den besten Schülern gehört, Bienzle brachte es nur in Deutsch und Musik auf gute Noten und wurde meistens nur mit Glück in die nächste Klasse versetzt. 1968 hatten sie Abitur gemacht, aber Bienzle hatte es nicht bestanden. Danach hatte Aichinger Physik studiert, und Bienzle war auf die Polizeischule gegangen, was keiner seiner Klassenkameraden verstanden hatte; denn er hatte stets zu den Renitenten gehört. Ein antiautoritärer Typ war er gewesen, der den rebellierenden Studenten in der alten Universitätsstadt nachgelaufen war.
»Dass ausgerechnet du Polizist geworden bist …«, sagte nun auch Aichinger, als sie sich gemeinsam an die alten Zeiten erinnerten.
Bienzle lächelte. »Mir ist ja bis heut noch manchmal nicht so recht wohl dabei.« Er nahm einen Schluck. »Es gibt besseren Trollinger.«
Sie hatten sich das letzte Mal vor fünfzehn Jahren gesehen, beim fünfundzwanzigjährigen Abiturjubiläum. Bienzle er-

innerte sich, dass Aichinger einer der bedeutendsten Geophysiker geworden war. Gelegentlich sah man ihn im Fernsehen, wenn es irgendwo auf der Welt wieder einmal ein Erdbeben gegeben hatte. Dann gab er seine fachkundigen Kommentare ab, so unnachahmlich lakonisch, wie er schon in der Schule gesprochen hatte.
»Warum gehst du denn hier zum Doktor? Du wohnst doch in Fürth oder Nürnberg.«
»In Erlangen«, verbesserte der Jugendfreund. »Der Frenzel ist mein Schwager, und ich hab Vertrauen zu ihm.«
Bienzle deutete auf das Buch, ein schmales schwarzes Bändchen. »Was liest du denn da?«
»Max Frisch: ›Das schwarze Quadrat‹. Grad erst rausgekommen. Posthum. Eine Sammlung von Vorlesungen über das Wesen der Schriftstellerei. – Weißt du noch, damals …?«
Bienzle nickte. »Wir haben alles von Max Frisch gelesen. ›Stiller‹, ›Mein Name sei Gantenbein‹ … Und du hast sogar Stellen für mich aufgeschrieben, die dir wichtig waren.«
Aichinger lachte: »Weil du zu faul gewesen bist, das ganze Buch zu lesen.«
»Da könntest recht haben. Aber der Begriff ›fidele Resignation‹ ist mir bis heute im Gedächtnis geblieben.« Bienzle trank noch ein Viertele, diesmal einen Lemberger, und war plötzlich mitten im Erzählen. Er schilderte dem alten Klassenkameraden den ganzen Fall, an dem er gerade arbeitete. Der Kommissar war sich durchaus bewusst, dass er dies auch tat, um für sich selbst ein erstes Resümee zu ziehen. Aichinger war schon immer ein guter Zuhörer gewesen. Schließlich sagte der alte Schulkamerad: »Ich beneide dich nicht. Wenn es der junge Mann war, wird's dir saumäßig weh tun.«

»Er war's nicht!«, sagte Bienzle.
»Bist du sicher?«
»Wenn ich ehrlich sein soll: nein!«
Aichinger versprach, sich telefonisch zu melden, bevor er das nächste Mal wieder nach Stuttgart kommen würde. »Aber vorher sehen wir uns ja wohl beim Abi-Jubiläum in Tübingen. Du kommst doch?«
»Ich hab's vor«, sagte Bienzle. Er gab dem Jugendfreund seine Dienst- und seine Privatnummer, schlüpfte wieder in seine Jacke und stieg zur S-Bahn-Haltestelle Feuersee hinunter.
Es war kurz nach 19 Uhr, als die Haustür hinter Bienzle ins Schloss fiel. Etwas zu laut, wie er gleich merkte. Prompt öffnete sich die Tür zur Wohnung seines Vermieters im Erdgeschoss, und Rominger streckte seinen Kopf heraus.
»'n Abend, Herr Bienzle!«
Bienzle gab einen Laut von sich, den man zur Not als »Guten Abend« deuten konnte.
»Sie ermitteln doch im Fall Janicek?«
»Woher wollet Sie des wissen?«
»Ja, sind Sie jetzt der Leiter der Mordkommission oder net?«
»Ist denn scho was in der Zeitung gschtande?« Gegen seinen Willen ließ sich Bienzle nun doch auf ein Gespräch ein.
»Wisset Sie des net? Das schnellste Medium ischt emmer no's Radio!«
»Ja so, ja dann. Gut Nacht, Herr Rominger!« Er wollte weiter die Treppe hinauf. Aber so leicht wurde er den Hauswirt nicht los.
»Sie kommet jetzt doch sicher dauernd in die Markthalle?«, sagte Rominger.

Bienzle blieb noch einmal stehen. »Das ergibt sich so.«
Der Vermieter kramte ein Stück Papier aus seiner Hosentasche hervor. »Da! Ich hab Ihne einen kleinen Einkaufszettel g'schriebe. Des könntet Sie mir bei Gelegenheit mitbringe.«
Bienzle war so perplex, dass er den Zettel widerspruchslos einsteckte. Als er die Treppe vollends hinaufstieg, hörte er Rominger noch sagen: »Das Geld geb ich Ihne dann, wenn Sie die Sache bringet.«
Fünf Minuten später, nachdem sie Bienzle flüchtig auf den Mund geküsst und ihm seinen Hut abgenommen hatte, um ihn an die Garderobe zu hängen, studierte Hannelore Romingers Zettel. »Wozu braucht der das: Pinienkerne gehackt, Basilikum und Olivenöl?«
»Ich hab keine Ahnung«, antwortete Bienzle.
»Ah, warte mal … Vielleicht macht er Pesto. Da würde der geriebene Parmesan dazu passen. Aber da steht noch: Pimientos del Quillo.«
»Was soll denn das sein?«
»Das sind spezielle Paprikaschoten. Aber die muss man häuten, entkernen und dann grillen. So was macht doch der Rominger nicht.«
»Warum soll ich ihm das dann mitbringen?« Bienzle schaute Hannelore über die Schulter. »Seehechtbäckchen – i glaub, i schpinn. Kriegt man das überhaupt in der Markthalle?«
»In der Markthalle kriegst du alles.«
Bienzle las weiter: »Fünf Knoblauchknollen und Shrimps, aber aus Spanien. Also, der will mich doch verar…, der will mich doch aufs Ärmle nehme. Dass der überhaupt kocht. Der hat doch nie Besuch!«

Später am Abend gab Hannelore Bienzle den Zettel zurück. »Da, ich hab drunter geschrieben, was du für uns aus der Markthalle mitbringen sollst.«

Das »Scharfe Eck« war ein einfaches Bierlokal, das im Leonhardsviertel lag – eingeklemmt zwischen zwei ehemals stattlichen, inzwischen stark heruntergekommenen Fachwerkhäusern. Das eine davon beherbergte einen Billigpuff, das andere einen sogenannten Spielsalon voller blinkender Automaten. Als Gächter die Tür zu der Kneipe aufstieß, war es kurz nach 19 Uhr. Eine ruhige Zeit in solchen Lokalen. Es saßen nur wenige Gäste herum, die meisten in Arbeitskleidung, ausschließlich Männer, die vermutlich nicht gleich nach Feierabend nach Hause wollten. Gesprochen wurde kaum. Aber auch der Fernsehapparat, ein modernes Gerät mit einem riesigen Flachbildschirm, das etwa zwei Meter hoch an einer Wand hing und in einer Endlosschleife Sexfilme zeigte, schien die Männer an den Tischen kaum zu interessieren.
Die Wirtin hieß Sonja. Das wusste Gächter von Bienzle, der in diesem Viertel jeden Menschen zu kennen schien. Sie sei der Typ resolute Schlampe, hatte Bienzle gesagt, und Gächter stellte fest, dass das ziemlich treffend beobachtet war.
Gut möglich, dass so einer wie Siegfried Körner hier Stammgast war. Von der Markthalle hierher waren es vielleicht dreihundert Meter. Man musste am Kaufhaus Breuninger vorbei, dann durch die Unterführung unter der B 14, die die ganze Innenstadt durchschnitt, und auf der anderen Seite rechts einbiegen, vorbei an der Leonhardskirche und dann in die schmale zweite Gasse nach links.
Gächter ging direkt auf den Tresen zu und legte seinen

Ausweis auf den fleckigen Nirostastahl zwischen die zum Trocknen umgestülpten Biergläser. »Gestern Abend – wie lang war da Siegfried Körner bei Ihnen?«
Sonja musterte den Ausweis und sparte sich ihrerseits auch lange Vorreden. »Höchstens a Stund.«
»Von wann bis wann?«
»Ja, du lieber Gott, wie soll ich mir so was merke?«
»War er gegen sieben Uhr noch da?«
Sonja rief durch den Raum. »Du, Alfred, wie lang ischt der Siggi gestern Abend dag'wese?«
Der Mann, den die Wirtin offenbar meinte, setzte sein Bierglas ab, drehte sich gegen die Lehne seines Stuhles um und antwortete: »Koi Ahnung!«
»Da hent Se's«, sagte Sonja mit einem leisen Triumph in der Stimme.
Aber Gächter ließ sich nicht beirren. »Wann kommt der denn immer?«
»Meistens gleich nachem G'schäft.«
»Und um wie viel Uhr ist das?«
»Normalerweise um halb siebene. Aber gestern, da war's anders. Da war's no net mal sechse, wo der Siggi komme ischt.« Sonja schlug sich mit der flachen Hand auf den Mund, eine nicht allzu ernst gemeinte Geste. »Sie werdet doch den Siggi net verdächtige? Sie kommen doch wahrscheinlich wegen dem Mord am Janicek.«
Plötzlich war es ganz still in der Kaschemme. Die wenigen Gäste starrten Gächter an. »Im Augenblick überprüfe ich nur sein Alibi«, sagte der Kommissar.
Die Wirtin strich sich eine Haarsträhne aus der Stirn. »Obwohl, er ischt ja manchmal gar net gut auf ihn zu spreche g'wesa.«

»Der Siegfried Körner auf den Janicek?«
Sonja rief wieder laut durch den Raum: »Alfred, ischt des jetzt net gestern Abend g'wesa, wo der Siggi so saumäßig über sein' Chef g'schimpft hat?«
Diesmal drehte sich der Angesprochene nicht um. »Scho möglich«, sagte er in sein Bierglas hinein.
»Was hat er denn genau gesagt?«, fragte Gächter.
»›Der soll sich bloß net so aufspiele. Wo dät der denn bleibe, wenn i net wär ...? Dem werd i's scho no zeige.‹ So was in der Art halt. Ond natürlich net auf Schwäbisch. Der Siggi ischt ja koi Schwob.«
»Aha, so was in der Art.« Gächter hätte gerne ein Bier getrunken, aber da Sonja die Gläser direkt vor seinen Augen in dem trüben Wasser des Spülbeckens reinigte und auf dem Tresen aufstellte, ließ er es lieber. »Er ist also gegen sechs Uhr gekommen, und wie lange ist er geblieben?« Gächter drehte sich um und rief: »Wissen Sie das noch, Alfred?«
»Hä?«, machte der.
»Wann ist Siegfried Körner wieder gegangen?«
»I han net auf d' Uhr guckt!«
»Ich auch net!«, fauchte die Wirtin. »Und jetzt wär's mir recht, wenn Sie uns wieder in Ruh lasse könntet.«
»Aber Sie glauben nicht, dass er länger als eine Stunde hier war?«
»Ach was«, ließ sich Alfred hören. »Er hat ja bloß zwei Bier dronka. A knappe halbe Schtond vielleicht.«
»Na, das ist doch ein Wort. Vielen Dank«, sagte Gächter und verließ das Lokal. Als er auf die Gasse hinaustrat, stand plötzlich eine junge Frau, fast noch ein Mädchen, vor ihm. Hochhackige Stiefel bis über die Knie, dann nackte Haut bis zu einem kurzen Rock, der im Schritt endete und den

Blick auf ein weißes Höschen mit goldenen Pailletten freigab. Das weit ausgeschnittene T-Shirt schien aus dem gleichen Material zu sein. Gächter überlegte einen Moment, ob er ihr Angebot annehmen sollte. Er war nun schon viele Monate allein. Aber er gehörte zu den Männern, die mit Sex ohne Zuneigung nichts anfangen konnten. »Heute nicht«, sagte er freundlich.

»Du weißt ja noch gar nicht, was ich alles draufhabe«, sagte die junge Frau.

»Stimmt«, antwortete Gächter. »Trotzdem!« Er ging rasch weiter.

»Fick dich doch ins Knie, Alter«, schrie ihm die Prostituierte nach.

»Ich könnt's mal versuchen«, rief Gächter über die Schulter zurück, »aber ich glaube nicht, dass es geht«, und bog in die Leonhardstraße ein.

Dritter Tag – Mittwoch

Bienzle ging früh aus dem Haus. Er schlich auf Zehenspitzen an der Erdgeschosswohnung vorbei und lehnte die Haustür nur an, um ja kein Geräusch zu machen. Romingers Einkaufszettel mit Hannelores Ergänzungen hatte er ins Brusttäschchen seines Jacketts gesteckt. Bis zur Markthalle waren es zu Fuß keine zwanzig Minuten. Rasch ging er die Stafflenbergstraße hinunter, bog in die Hohenheimer Straße ein und folgte ihr bis zum Charlottenplatz.

Es war ein klarblauer Frühlingstag, eigentlich zu warm für Mitte April. Im »Grand Café« an der Planie saßen schon die ersten Gäste im Freien. Bienzle hatte zu Hause nur rasch einen Tee getrunken. Einen Augenblick überlegte er, ob er sich nicht einfach in einen der Korbstühle setzen, einen Kaffee und ein Croissant bestellen und sich eine Zeitung geben lassen sollte. Vielleicht konnte er sich das ja schon in ein paar Monaten leisten, wenn er rechtzeitig seinen vorgezogenen Ruhestand beantragte. Die Idee erschien ihm heute besonders verlockend. Aber er ging dann doch rasch weiter, überquerte den Karlsplatz und trat in die Markthalle.

Der Kommissar bahnte sich einen Weg durch das dichte Gedränge der Marktkunden, die bereits am frühen Morgen die Standgassen bevölkerten. Als er Janiceks Laden erreichte, schnitt Siegfried Körner gerade hauchfeine Scheiben von einem großen Schinken und legte sie auf die Waage. Zu dem Käufer sagte er: »264 Gramm.«

»Lassen Sie's so«, antwortete der Kunde. »Wie schmeckt denn die neue Salami da?«
Siggi Körner nahm mit der Spitze seines großen Messers eine bereits abgeschnittene Scheibe und reichte sie dem Kunden, der sie mit spitzen Fingern entgegennahm und in den Mund schob. Dann reichte Körner auch Bienzle ein Stück und fragte betont beiläufig: »Sind Sie schon weiter, Herr Kommissar?«
»Wir sind ja noch ganz am Anfang.«
Der Kunde musterte Bienzle, dann sagte er zu Körner: »Die Salami ist ausgezeichnet. Ein anderes Mal vielleicht.« Er zahlte, griff nach seinem geflochtenen Einkaufskorb, grüßte und ging davon.
»Schaffen Sie das denn so ganz allein?«, fragte Bienzle.
»Wenn der Chef verreist war, hat es ja auch gehen müssen.«
»Und jetzt würdet Se wohl gern Ihr eigener Chef werden?«
»Das wird sich zeigen.«
»Immerhin haben Sie deswegen gleich gestern Morgen bei Herrn Katzbach vorgesprochen.«
»Das ist ja wohl nicht verboten!«
»Die Salami ist wirklich prima. Sie habet ja wohl scho länger auf einen eigenen Stand spekuliert.«
»Und wenn? – Man will schließlich vorwärtskommen.«
Bienzle hatte seinen Kollegen Gächter gar nicht bemerkt. Er wurde erst auf ihn aufmerksam, als er neben ihm stand und zu Körner sagte: »Sie waren vorgestern Abend im ›Scharfen Eck‹. Aber wahrscheinlich nicht zur Tatzeit.«
Siegfried Körner schien unbeeindruckt. »Wenn Sie das sagen.«
»Und Sie waren auch schon ziemlich früh da. Noch vor

Marktschluss. Haben Sie sich mit Ihrem Chef gestritten?«

»Ach was, es war halt nichts mehr los, und der Joseph hat mich heimgeschickt.«

»Dafür waren Sie aber ziemlich wütend auf Herrn Janicek.«

»Wer sagt das?«

»Zeugen aus dem ›Scharfen Eck‹«, antwortete Gächter.

Jetzt nahm Bienzle wieder das Wort: »Auf der Tatwaffe haben wir Ihre Fingerabdrücke gefunden, Herr Körner. Sie haben kein zuverlässiges Alibi, und die schwere Körperverletzung vor fünf Jahren, da war doch auch ein Messer im Spiel …?«

Jetzt zählte Siegfried Körner seine Antworten an den Fingern ab. »Die Mordwaffe war unser großes Wurstmesser, damit schneide ich hundertmal am Tag was ab. Was die im ›Scharfen Eck‹ sagen, können Sie vergessen. Meine Strafe hab ich abgesessen, und seitdem ist nix mehr passiert. Und für einen eigenen Stand würde ich ganz bestimmt niemanden umbringen.«

»Man hat schon für weniger Leute umgebracht«, brummte Bienzle. »Im Augenblick sieht's schlecht für Sie aus, Herr Körner. Sie kennen sich in der Markthalle gut aus und wissen sicher, wie man rein- und wieder rauskommt, auch wenn die Türen abgeschlossen sind.«

Siegfried Körner legte das Messer beiseite und schaute Bienzle in die Augen. »Also jetzt machen Sie mal 'nen Punkt. Ich soll den Joseph umgebracht haben? Ausgerechnet ich, wo ich ihm so viel zu verdanken habe. Er hat mir damals nach meiner Entlassung eine Chance gegeben. Ich hab ja schon fast zur Familie gehört. Und wenn der Joseph

nicht da war, hab ich mich um den Geza gekümmert. Der ist doch wie ein kleiner Bruder für mich.«
»Sie verstehen sich also gut mit dem Jungen?«, fragte Gächter.
»Ja, warum denn nicht?«
Bienzle ließ Körner nicht aus den Augen. »Würden Sie ihn denn bei sich aufnehmen, jetzt, wo sein Vater nicht mehr lebt?«
»Wieso? Der Geza sitzt doch im Knast.« Im rechten Mundwinkel Körners zuckte es heftig.
»Könnte aber sein, dass er bald wieder freikommt.«
Der Gedanke schien dem Marktverkäufer nicht besonders zu behagen. Zögernd sagte er: »Ja, da müsst ich erst drüber nachdenken, aber ich glaube nicht, dass ich das packen würde. Sie haben ihn doch auch kennengelernt. Du weißt nie, wo du mit dem Kerl dran bist.«
»Ich denke, er ist wie ein Bruder für Sie«, meldete sich Gächter.
»Schon. Trotzdem, das wäre ja dann doch was anderes. Ich hab mit mir selber genug zu tun.«
»Ja, das glaub ich«, sagte Bienzle. »Kommst du, Gächter?«
Als sie auf die Dorotheenstraße hinaustraten, war es noch wärmer geworden. Ein Thermometer an einem Optikerladen zeigte zweiundzwanzig Grad.
»Das ist ja unnatürlich«, sagte Bienzle.
»Und macht Durst«, gab Gächter zurück.
Bienzle wies mit einem Kopfnicken zu den Tischen und Stühlen hin, die vor der »Alten Kanzlei« im Freien standen. »Ich lad dich auf ein Bier ein.«
Gächter zeigte auf das imponierende Gebäude, das im rechten Winkel zur »Alten Kanzlei« und direkt gegenüber dem

Alten Schloss den Schillerplatz begrenzte. »Direkt vor dem Justizministerium? Wenn uns da einer sieht.«
»Das ist doch unser Sach, wie wir unser G'schäft machet. Im Übrige, was soll mir noch passiere? Ich geh eh bald in Pension.«
»Ich aber nicht«, konterte Gächter.
»Setz dich, Gächter, ich übernehme die Verantwortung.« Bienzle ließ sich auf einem der Stühle nieder. »Ich hab heut noch net amal g'frühstückt.« Er bestellte bei der Bedienung ein »Radler sauer«, und als die junge Kellnerin nicht wusste, was das sein sollte, erklärte er: »Halb Bier, halb Mineralwasser mit Kohlensäure.« Und zu Gächter sagte er: »Es gibt nichts Besseres gegen den Durst.«
»Ich kann Wasser schon in meinen Schuhen nicht leiden, und im Bier noch viel weniger«, raunzte Bienzles Kollege und bestellte ein Pils. Dann sah er den Freund wieder an und sagte: »Mann, Mann, wie hast du dich verändert!«
»Wieso?«
»An einem helllichten Tag, zudem einem Arbeitstag, setzt du dich in eine Wirtschaft. Das hat es doch noch nie gegeben.«
»Einmal ist immer das erste Mal«, sagte Bienzle. Dann berichtete er dem Kollegen von seinem Besuch bei Dr. Frenzel.
Gächter hörte aufmerksam zu, machte sich ein paar Notizen und sagte schließlich: »Das erklärt natürlich einiges!«
Bienzle nickte. »Aber nicht, ob der Geza die Tat begangen hat.«
»Also ich nehme an, dass er Zeuge des Mordes war«, sagte Gächter. »Und dieses Erlebnis muss so schrecklich auf ihn gewirkt haben, dass er es nun total verdrängt.«

»Ja, genau das hält der Dr. Frenzel auch für möglich.«
Die Getränke kamen, und Bienzle zahlte sie gleich. Unvermittelt sagte er dann zu Gächter: »Was hältst denn du davon, wenn ich mich dieses Jahr noch pensionieren lasse?«
»Nichts! Die arme Hannelore. Was soll sie denn machen, wenn du den ganzen Tag zu Hause rumhockst?«
»Ich dät ja nicht rumhocke.«
»Sondern?«
»In meinem Regal stehen mindestens hundertfünfzig Bücher, die ich noch lesen will. Ich könnt wieder anfangen, Klavier zu spielen. Neulich hab ich gelesen, wer sein Leben lang musiziert, kriegt keinen Alzheimer. Vielleicht such ich mir ein kleines Domizil auf der Schwäbischen Alb und geh dort regelmäßig wandern.«
»Klingt wie der programmierte Rückzug in die totale Resignation.«
»Die *fidele* Resignation«, sagte Bienzle.
»Hä?«, machte Gächter, aber Bienzle winkte nur ab. »Hascht ja vielleicht recht. Am Ende dät ich dabei immer mehr in mich hineinkriechen. Da wird der Blick natürlich schnell enger und das Hirn langsamer.«
»Und ich müsst mich an einen neuen Partner gewöhnen. Nicht auszudenken!«
»Na gut, vielleicht mach ich doch noch a bissle weiter«, sagte Bienzle.
»Prost!« Gächter leerte sein Glas in einem Zug. »Gehen wir wieder arbeiten!«
Bienzle erhob sich ächzend und fasste sich mit beiden Händen in den Rücken. »Wenn ich mein Kreuz so spür, sollt ich vielleicht doch lieber heut als morgen in Pension gehen. Aber jetzt seh ich mich noch mal in der Markthalle

um, und du nimmst dir diesen Juwelier vor, der mit Janicek kurz vor dem Mord noch telefoniert hat.«

»Im Rumkommandieren bist du jedenfalls immer noch topfit«, sagte Gächter und erhob sich ebenfalls, »obwohl du im Dezember sechzig wirst.«

»Hol mich bitte in einer Stunde wieder ab.« Damit strebte Bienzle über den Schillerplatz auf die Dorotheenstraße zu.

Eigentlich war das keine Adresse für ein Goldschmiede- und Juweliergeschäft. Santinis Laden befand sich in einer unscheinbaren Seitenstraße im Stuttgarter Westen. Als Gächter die Tür aufstieß, erklang eine dezente Melodie. Der Laden war leer. Vom Besitzer nichts zu sehen. Gächter betrachtete die Auslagen in den Vitrinen, ging dann zu einem schweren Vorhang, der den Laden von einem zweiten Raum abteilte, schob ihn zur Seite und konnte in eine kleine Werkstatt sehen, in der nur ein großer Tisch stand, der an beiden Schmalseiten eine halbförmige Bucht mit einem Ledertuch darunter besaß: zwei Arbeitsplätze für Goldschmiede. Plötzlich hörte er hinter sich eine Stimme: »Sie wünschen?«

Gächter fuhr herum, er hatte den Mann nicht kommen hören.

»Guten Morgen. Sind Sie Herr Santini?« Gächter zückte seinen Ausweis.

Sein Gegenüber musterte das Papier genau, erst dann nickte er und sagte: »Kann ich irgendetwas für Sie tun, Herr Kommissar?«

»Ja, sagen Sie mir, in welcher Beziehung Sie zu Joseph Janicek standen?«

»Standen? – Wir kennen uns kaum. Aber warum reden Sie in der Vergangenheitsform?«

»Wollen Sie damit sagen, dass Sie noch nichts über den Tod von Janicek gehört oder gelesen haben?«
»Tod?« Der zierliche Mann, den Gächter auf mindestens fünfundsiebzig schätzte, fasste nach der Kante einer Vitrine und schien das Gleichgewicht zu verlieren.
Gächter machte keinerlei Anstalten, den alten Juwelier zu stützen. »Joseph Janicek ist ermordet worden. Vorgestern Abend an seinem Stand in der Markthalle. Zuvor hat er noch mit Ihnen telefoniert.«
Santini ließ sich auf einen schmalen, rot gepolsterten Stuhl sinken. »Ja«, sagte er mit brüchiger Stimme, »er hat nach den Ringen gefragt.«
»Nach welchen Ringen?«
»Ich zeige sie Ihnen.« Santini stand erstaunlich leicht wieder auf, trat hinter den Tresen, zog eine Schublade auf, holte ein tiefblaues Schächtelchen hervor und hob den Deckel. Dann schob er die kleine Schatulle über den gläsernen Ladentisch unter Gächters Augen. Nebeneinander lagen zwei goldene Ringe mit jeweils einem funkelnden Stein.
Gächter nahm mit spitzen Fingern einen Ring heraus und drehte ihn hin und her. »Und wo ist die Gravur? Es handelt sich doch um Eheringe, oder?«
»Ja, ja, natürlich. Aber die Gravur habe ich noch nicht gemacht. Deshalb hat mich Herr Janicek ja angerufen. Er wollte mir sagen, wie sie lauten sollte.«
»Und?«
»›Dein Joseph – in Liebe‹ und das Datum 15. Mai 2009 in dem einen Ring, und für den anderen würde sich die Dame selber melden.«
»Hat sie das getan?«
»Bis jetzt noch nicht.«

»Wissen Sie denn, um wen es sich handelt?«

Santini schüttelte den Kopf. »Ich hatte leider noch nicht das Vergnügen, sie kennenzulernen.«

»Aber mit Janicek hatten Sie öfter zu tun?«

»Nein, noch nie.«

»Er ist also wegen der Eheringe zum ersten Mal zu Ihnen gekommen.«

»So war es, ja!«

»Und trotzdem sind Sie fast ohnmächtig geworden, als ich Ihnen sagte, dass er tot ist?«

»Ja. Aber das hat mehr mit mir als mit ihm zu tun. Nichts macht mir mehr Angst als der Gedanke an den Tod. Ich bin alt, Herr Kommissar. Und ich bin nicht sehr gesund. Mein erster Gedanke, wenn ich morgens aufwache, ist der an meinen bevorstehenden Tod, und vor dem Einschlafen bitte ich meinen Herrn und Gott, mir in meiner letzten Stunde gnädig zu sein. Wissen Sie, Leben und Tod, das ist wie das Spiel von Hase und Igel. Der Tod ist immer schon da.«

»Sie leben allein?«

»Ja, schon immer, Herr Kommissar. Ein Zustand, der mir von Kind an vorgegeben zu sein schien.«

»Ja, so etwas gibt es«, sagte Gächter. »Würden Sie mich bitte benachrichtigen, wenn sich die Dame meldet, für die der Ring bestimmt ist?« Er reichte Santini seine Karte.

»Ja, das mache ich gerne.« Der Juwelier ging voraus zur Ladentür und öffnete sie mit einer kleinen Verbeugung.

Gächter stand mit dem zivilen Dienstwagen im Halteverbot. Schon zweimal hatte er sich gegenüber einer Ordnungsamtsmitarbeiterin, im Volksmund Politesse genannt,

ausweisen und einen wichtigen Fahndungseinsatz vortäuschen müssen. Endlich trat Bienzle aus der Tür der Markthalle. Er war bepackt wie ein Lastesel. Gächter sprang aus dem Fahrzeug und eilte seinem Kollegen entgegen, um ihm beim Tragen der diversen Taschen und Tüten zu helfen.
»Sag mal, was hast denn du alles eingekauft?«
»Pinienkerne, Seehechtbäckchen, Basilikum, Olivenöl, Parmesan und Pimientos del Quillo nicht zu vergessen.«
Gächter sah seinen Kollegen fassungslos an. »Und ich dachte, du bist dienstlich unterwegs.«
»Manchmal kann man das Unangenehme mit dem Nützlichen verbinden. Kartoffeln hab ich auch noch gekauft. Bei der Frau Schierle. Sie hat mir noch mal bestätigt, dass Joseph Janicek und Milena Mechtel ein Paar waren. Wir müssen diese Frau unbedingt finden. – Was war mit dem Goldschmied?«
»Janicek hat ein paar schweineteure Ringe bei ihm bestellt.«
»Eheringe?«
»Ja, es ging um die Gravur. Deshalb hat ihn Janicek angerufen.«
»Dann hat er ja wahrscheinlich diese Milena Mechtel heiraten wollen.« Bienzle verstaute umständlich seine Einkaufstüten auf dem Rücksitz des Dienstwagens.
»Santini gibt an, nicht zu wissen, wer die Glückliche, oder jetzt muss man ja wohl sagen: die Unglückliche ist.«
»Vielleicht hat jemand was gegen die Hochzeit gehabt«, sagte Bienzle nachdenklich. »Wer war gleich der andere, mit dem der Janicek noch telefoniert hat?«
»Der Wirt vom ›Goldenen Anker‹ in der Christophstraße.«

»Das sind ja bloß a paar Schritt. Da gehen wir jetzt hin.«
»Aber vorher such ich einen anständigen Parkplatz«, sagte Gächter. Als er seinen Wagen sicher abgestellt hatte, kehrte er zu Bienzle zurück.
»Also, los geht's«, sagte Bienzle. »Wie hieß der Wirt noch mal?«
»Sailer. Albrecht Sailer.«
»Ja. Ja, natürlich. In letzter Zeit vergess ich doch dauernd alle möglichen Namen. Sogar von Leuten, die ich eigentlich gut kenne.«
»Da geht's dir auch nicht anders als anderen«, gab Gächter zurück. »Gestern ist mir doch partout der Name meiner vorletzten Freundin nicht mehr eingefallen, als ich ihr zufällig in der Königstraße begegnet bin.«
»Und wie heißt deine letzte?« Bienzle grinste.
Gächter ließ sich auf das Spiel ein. »Warte mal, so ähnlich wie eine wichtige Politikerin.«
»Ursula?«
»Nein, Angelina.« Er blieb einen Moment stehen, als brauche er ein wenig Ruhe, um sich an sie zu erinnern. »Die fehlt mir schon sehr.«
»Vielleicht ist da das letzte Wort noch nicht gesprochen.«
»Von mir nicht«, sagte Gächter. »Von ihr schon.«
Zehn Minuten später erreichten sie die Christophstraße. Bienzle stieß die Tür zum »Goldenen Anker« auf. Sie traten in ein kleines, gediegenes Restaurant mit etwa vierzig Plätzen. Das Mobiliar war in hellem Holz gehalten, ebenso die Zwischenwände, die die Gaststätte in verschiedene Nischen aufteilten. Die Stühle standen noch auf den Tischen. Hinter dem Tresen führte eine Tür in die Küche, aus der nun ein Mann trat, der fast zwei Meter groß war. Vor seinen mäch-

tigen Bauch hatte er eine weiße Schürze gebunden. Sein kahler Kopf glänzte im Licht der Sonne, die ihre Strahlen durch ein offenes Fenster schickte.

»Mir hent no net offe, sehet Sie des net?«, rief der Mann schlecht gelaunt.

Gächter zeigte seinen Dienstausweis: »Gächter, Kripo Stuttgart. Das ist mein Kollege Bienzle.«

»Bienzle, den Namen hab ich schon amal g'hört.« Sailer band seine Schürze ab und warf sie über eine Stuhllehne.

»Man kann sich net immer dagegen wehren, wenn die Zeitunge über einen schreibet«, gab Bienzle gemütlich zurück. »Sind Sie der Herr Albrecht Sailer?«

»Ja, warum?«

»Sie sind am Montag um 17 Uhr 25 von Joseph Janicek angerufen worden.«

Sailer seufzte. »Der arme Kerle!«

»Was wollte er von Ihnen?«, fragte Gächter.

»Des war was Geschäftliches.«

»Genauer!«, forderte Bienzle.

»Es ging um eine Lieferung. Fünf Kilo Prager Schinken. Er hat dann seinen Sohn g'schickt.«

»Den Geza?«

»Ja, den Geza, er hat ja bloß den oine! Des hat er emmer so g'macht. Er hat doch den Bube beschäftige müsse. Ständig hat er ihm so kleine Aufgabe gegebe. Irgendwie hat er immer gehofft, dass der arme Kerle sich doch noch a bissle weiterentwickelt.«

Bienzle hob einen Stuhl von einem Tisch und setzte sich drauf. »Der Geza Janicek war also am Montag bei Ihnen? Wann war das?«

»Um halb siebene rom.«

»18 Uhr 30 ungefähr«, übersetzte Gächter. »Und wie lang war er bei Ihnen?«

»Weiß net. A dreiviertel Stund mindestens. Ich hab ihm noch ein Eis spendiert. Es wird so um Viertel vor acht oder a bissle später gewesen sein, wie er wieder gange ist.«

»19 Uhr 45 also. Das ist ja ein Ding!«, sagte Gächter. »Wenn man den Weg zur Markthalle zurück einrechnet, würde das bedeuten, dass Geza Janicek zur Tatzeit gar nicht in der Markthalle war.«

»Wann war denn die Tatzeit?«, wollte Sailer wissen.

»Zwischen 18 Uhr 45 und 19 Uhr 15.«

»Also um die Zeit war der Bua hundertprozentig bei mir!«

»Das freut mich jetzt«, sagte Bienzle.

»Und warum freut Sie des?«

»Ich bin halt froh, dass es der Junge nicht war.«

»Wenn das stimmt …«, setzte Gächter an.

»Natürlich stimmt's, warum sollt ich Sie anlüge?«, kam es hinter dem Tresen hervor. Sailer hatte inzwischen seine chromblitzende Espressomaschine in Betrieb gesetzt.

»Wenn es stimmt«, begann Gächter unbeirrt von neuem, »dann hat der Junge seinen Vater mit dem Messer in der Brust vorgefunden.«

»Den Schock kann man sich ja vorstelle«, sagte Sailer. Er schenkte den Kommissaren ungefragt je eine Tasse Espresso ein. »Ich darf Ihnen doch was anbiete.«

»Haben Sie gewusst, dass Janicek wieder heiraten wollte?«

»Ja, sicher. Die Mechtel. Die habet doch hier feiern wolle. Der Umsatz bricht mir jetzt au weg.«

»Vielleicht können Sie ja den Leichenschmaus ausrichten«, sagte Gächter.

»Sie! Mir ischt fei net nach Witzen«, fuhr ihn der Wirt an. »Der Janicek war ein anständiger Kerle.«
»Sind Sie befreundet gewesen?«, wollte Bienzle wissen.
»Des net grad, aber mir hent au nix gegeneinander g'habt.«
Bienzle musste unwillkürlich lächeln. Das war eine typisch schwäbische Antwort.
Als die beiden Kommissare auf die Christophstraße hinaustraten, sagte Bienzle: »Jetzt brauchen wir so schnell wie möglich einen Termin beim Gericht. Je eher wir den Geza aus dem Gefängnis rauskriegen, umso besser.«
Schon eine Stunde später stoppte ein Polizeibus vor dem Gerichtsgebäude. Bienzle wartete bereits. Geza, der einen dicken Verband um den Kopf trug, stieg aus. Ein Strahlen ging über sein Gesicht, als er den Kommissar sah. »Hallo, Bienzle!«
»Wie geht's deinem Kopf?«
Geza zeigte stolz auf den dicken Verband. »Sieht gut aus, gell? Hat der Doktor auch gesagt!«
Flankiert von zwei Schutzpolizisten, gingen sie in das Gerichtsgebäude hinein. Bienzle legte kurz seinen Arm um die Schultern des jungen Mannes: »Jetzt wird alles gut«, sagte er.
Auf dem Weg über die Flure und durch das breite Treppenhaus nach oben sagte der Kommissar: »Erzähl doch mal, Geza: Wo warst du am Montagabend?«
»Bei meinem Papa.«
»Die ganze Zeit? Warst du nicht zwischendurch bei Albrecht Sailer im ›Goldenen Anker‹?«
»Der Albrecht ist immer gut zu mir.«
»Kannst du dich erinnern, ob du bei ihm gewesen bist?«

»Weiß nicht.«
»Er sagt, er hat dir ein Eis spendiert?«
»Manchmal sooo einen großen Eisbecher!« Geza bildete mit beiden Händen eine Art Trichter.
»Am Montag auch?«
»So einen großen.« Wieder zeigte der junge Mann mit beiden Händen, wie mächtig der Eisbecher gewesen war.
Wenig später saßen die beiden im Zimmer des Haftrichters Dr. Reinhard, eines Mannes Mitte vierzig, den Bienzle schon seit ein paar Jahren als sachlichen und unaufgeregten Juristen kannte. Der Kommissar hatte auf einem Stuhl vor dem Tisch Platz genommen, Reinhard saß dahinter. An der linken Schmalseite eine Vertreterin der Staatsanwaltschaft, rechts eine Protokollbeamtin. Etwas abgesetzt auf einer Bank saßen Geza und Dr. Brocher, der Leiter der Gefängniskrankenstation.
Dr. Reinhard forderte den Kommissar auf, seine Aussage zu machen. Bienzle legte sein Notizbüchlein auf den Tisch, blätterte kurz darin, schlug es dann wieder zu und sah seinem Gegenüber in die Augen. »Nach unseren bisherigen Erkenntnissen hat Herr Janicek die Tat nicht begangen, Herr Richter. Es gibt einen Zeugen, der zweifelsfrei bestätigt, dass Geza Janicek zur Tatzeit bei ihm gewesen ist.«
»Wollen wir den Zeugen hören?«, fragte der Richter die Staatsanwältin. Die machte nur eine Geste, die wohl bedeuten sollte: »Machen Sie's, wie Sie wollen.«
»Na gut«, sagte der Richter. »Ich denke, dass die Zeugenaussage des Herrn Hauptkommissars genügt. Geben Sie den Namen zu Protokoll, Herr Bienzle.«
»Albrecht Sailer, Wirt der Gaststätte ›Zum Goldenen Anker‹ in der Christophstraße 13.«

Der Richter wendete sich dem Arzt zu: »Ihre Meinung, bitte, Herr Dr. Brocher. Wie schätzen Sie Geza Janicek ein?«
»Er ist offensichtlich stark traumatisiert. An das, was am Montagabend in der Markthalle geschehen ist, kann er sich nicht erinnern. Der teilweise Gedächtnisverlust ist, aller Wahrscheinlichkeit nach, eine Verdrängung, ausgelöst durch das Trauma.«
»Und worin liegt – Ihrer Meinung nach – die Ursache dieses Traumas?«, fragte die Staatsanwältin.
»Das ist schwer zu sagen. Auslöser könnte natürlich die Tötung des Vaters sein. Aber der Verlust des Vaters allein scheint den Jungen schon ungewöhnlich schwer zu belasten.«
Der Haftrichter schaute von Brocher zu Bienzle, der ihm unmerklich zunickte. Dr. Reinhard räusperte sich. »Also gut, es ergeht folgende Verfügung: Herr Geza Janicek ist unverzüglich freizulassen.« Dann aber änderte sich der Ton in seiner Stimme. »Die Frage ist jetzt allerdings: Wohin mit ihm?«
Dr. Brocher meldete sich: »Am besten wäre er in seiner gewohnten Umgebung aufgehoben. Aber die ist ja nun nicht mehr gegeben.«
Der Richter nickte. »Wir werden einen geeigneten Platz für ihn finden müssen. Ich unterrichte das zuständige Sozialamt.«
»Solange Sie diesen Platz noch nicht haben, würde ich mich gern um den Jungen kümmern«, sagte Bienzle. »Er könnte ein wichtiger Zeuge sein.«
»Wissen Sie auch, was Sie sich da zumuten?«, fragte Dr. Brocher.

»Es wäre ja nur für eine kurze Zeit.«

»Ich denke, wir können damit einverstanden sein«, sagte der Richter.

»Wir gehen zu Fuß.« Bienzle legte wieder kurz seinen Arm um Gezas Schultern, als sie das Gerichtsgebäude verließen. »Ist ja nicht weit.«

»Wohin?«

»Zur Markthalle. Du willst doch sicher wieder helfen, oder?«

»Au ja!« Geza marschierte so schnell los, dass Bienzle Mühe hatte, ihm zu folgen.

Es war kurz nach 16 Uhr, als sie ankamen. Um diese Zeit war es verhältnismäßig ruhig in der Markthalle. Geza ging schnurstracks auf den Stand seines Vaters zu. Aber er wurde immer wieder aufgehalten; denn die meisten Standbesitzer und deren Mitarbeiter kannten den Jungen ja und nahmen Anteil an seinem Schicksal. Und so reichte ihm immer wieder eine Marktfrau oder ein Händler die Hand. Manche nahmen Geza auch kurz in die Arme, und einer nach dem anderen sagte: »Beileid, Geza!«

Bienzle registrierte leicht belustigt, wie Geza dies wie einen Gruß aufnahm und nun selber auf den einen oder anderen zuging, ihm die Hand drückte und »Beileid« sagte. Bald waren es auch Passanten oder einkaufende Hausfrauen, deren Hand Geza ergriff, um sie mit einem fröhlichen »Beileid« zu begrüßen.

An Janiceks Stand hing ein Schild mit der Aufschrift: KOMME GLEICH WIEDER. Frau Schierle kam herüber. »Da bischt ja wieder, Kerle!«

»Beileid!«, sagte Geza und reichte der Marktfrau die Hand.

»Han i grad au sage wolle«, gab sie zurück. »Des ischt ja a Glück, dass sie dich net länger eing'sperrt hent.«
Geza deutete auf Bienzle. »Der passt auf mich auf!«
»Wo ist denn der Herr Körner?«, fragte der Kommissar.
»Bloß schnell im Keller.«
Geza wurde bei Frau Schierle auf ein paar Kisten aufmerksam, die zum Teil leer und zum Teil voller Abfall waren. Aber er fragte nicht Frau Schierle, sondern Bienzle: »Soll ich die wegbringen?«
»Des wär nett von dir, Geza«, sagte Frau Schierle.
Aber Geza schaute noch immer Bienzle fragend an, bis der schließlich nickte. »Ja, mach das!«
Geza holte aus einer Ecke des Janicek-Standes eine grüne Schürze, band sie um und begann, die Kisten so zu stapeln, dass er sie alle auf einmal tragen konnte. Das machte er zwar langsam und umständlich, aber andererseits auch ganz geschickt. Währenddessen sagte Frau Schierle leise zu Bienzle: »Fleißig isch er. Mr muss ihm halt alles anweise.«
Bienzle beobachtete, wie Geza mit dem hochgetürmten Stapel Kisten losging. Der Junge bewegte sich geschickt durch die Gasse zwischen den Ständen. Frau Schierle sagte: »Da könnet Sie sehe, wie gut ihm des duet, wenn er was schaffe darf.«
Bienzle hörte den jungen Janicek laut rufen: »Achtung! Der Geza kommt!«
»He, was wird denn das, wenn's fertig ist?« Das war Siegfried Körners Stimme. Der untersetzte Mann bog um Frau Schierles Stand und starrte Geza nach. »Ja, ist der jetzt wieder draußen?«
Bienzle fixierte Körner. »Ist Ihnen das nicht recht?«
»Warum soll mir das nicht recht sein?«

»Es kam mir grad so vor«, antwortete Bienzle. Aber dann wurde er abgelenkt. Albrecht Sailer kam den Gang herunter.

Geza setzte seine Kisten ab, reichte dem Wirt die Hand und sagte: »Beileid, Albrecht!«

Sailer tätschelte Gezas Arm. »Wie geht's dir denn, Geza?«

»Der Papa ist fort. Weiß nicht, wann er wiederkommt.«

»Wenn du was brauchst, du weißt ja, du kannst jederzeit zu mir kommen.« Bienzle schien es, als habe Sailer das besonders laut gesagt, damit es jeder hören konnte.

»Und dann krieg ich ein Eis?«

»Jederzeit! So wie am Montagabend.«

»Prima!« Geza nahm die Kisten wieder auf und verschwand damit im Keller.

Sailer trat auf Bienzle zu. »Des ischt gut, dass Sie den Buben wieder rausgelassen haben.«

»Sie haben ihm ja ein hieb- und stichfestes Alibi gegeben«, sagte Bienzle.

Der Wirt ging nicht darauf ein, etwas überhastet sagte er zu Körner: »So, Siggi, jetzt lass uns über die Lieferung sprechen. Ich hab eine Gesellschaft mit achtunddreißig Gästen, und ich biete denen ein böhmisches Büfett. Mit dem Joseph war des ja alles schon vorbesprochen …«

Bienzle wendete sich ab. Er wechselte über den Gang zu Frau Schierle hinüber. »Was meinen Sie denn, wie man dem Geza jetzt am besten helfen kann?«

Frau Schierle seufzte: »Des wird schwierig. Die dort wird sich garantiert net um ihn kümmern.«

Bienzle sah in die Richtung, in die Frau Schierle zeigte. Eine Frau, Ende dreißig, hochgewachsen, schlank, mit einer feuerroten Mähne auf dem Kopf, kam den Gang herunter. Sie

trug trotz ihrer Größe hochhackige Schuhe und ging ein wenig wie eine Ballerina, die Hüften leicht vorgeschoben, die Füße nach außen gestellt. Das war unzweifelhaft die Frau, die er von den Bildern in Janiceks Brieftasche kannte. Sie ging direkt zu Siegfried Körner und fragte, ohne auf Sailer zu achten, der noch mitten in seinen Verhandlungen war: »Hallo, Siggi. Ist der Joseph nicht da?«
Körner stotterte: »Mi…, Milena. Da … da bist du ja.«
»Ja, wissen Sie's denn noch gar nicht?«, fragte Sailer.
»Nein, was denn?«
Bienzle betrachtete die Szene interessiert und dachte gar nicht daran einzugreifen. Aber er konnte auch Frau Schierle nicht daran hindern, laut zu rufen: »Ha, der Joseph ischt doch ermordet worde. Hier an seinem Stand.«
Milena Mechtel fuhr zu der dünnen Marktfrau herum und sagte zu Körner und Sailer: »Was redet die denn da?«
Jetzt fühlte sich Bienzle doch bemüßigt einzugreifen. »Frau Schierle hat leider recht. Darf ich mich vorstellen: Hauptkommissar Ernst Bienzle, Mordkommission Stuttgart. Frau Mechtel?«
Hinter ihm sagte Frau Schierle laut: »Erschtoche. Mit em Wurstmesser.« Sie schien jedes Wort zu genießen.
»Was?« Milena Mechtel schaute von einem zum anderen, offensichtlich unfähig zu begreifen, was sie da gehört hatte. Dann plötzlich riss sie den Mund auf, wollte schreien, brachte aber keinen Ton heraus. Sie rang nach Luft, ihr Atmen ging in ein hektisches Hecheln über. Die Knie gaben unter ihr nach. Wenn Bienzle nicht einen raschen Schritt nach vorne gemacht und sie aufgefangen hätte, wäre sie vornüber auf den harten Betonboden gestürzt. Zitternd klammerte sich die Frau an den Kommissar. Vom anderen

Ende der Halle her hörte man die fröhliche Stimme Gezas: »Achtung, der Geza kommt!«
»Am besten bringen wir sie in ihr Büro 'nauf!«, sagte Albrecht Sailer.
»Kommen Sie!« Bienzle nahm Milena Mechtels Arm. »Ich helf Ihnen.«
Geza setzte bei Frau Schierle einen Stapel neuer Kisten ab. »Wer ist denn die?«, fragte er.
»Die kennscht du doch!«, hörte Bienzle Frau Schierle sagen. »Des ischt doch die Sekretärin vom Marktamt.« Während er und Sailer Frau Mechtel aus der Halle führten, wunderte sich der Kommissar noch, warum die Marktfrau nicht einfach gesagt hatte: »Die kennst du doch. Das ist die Freundin deines Vaters.«

Katzbach hatte sein Büro zur Verfügung gestellt. Dort stand ein schwarzes Ledersofa, auf dem nun Milena lag. Sailer hatte sich verabschiedet. Bienzle lehnte im Türrahmen und sah zu, wie Katzbach Frau Mechtel ein wenig Tee einflößte.
»Es tut mir leid, aber kann ich Ihnen ein paar Fragen stellen?«, sagte der Kommissar.
»Doch nicht jetzt!« Katzbach schüttelte den Kopf. »Sie sehen doch, wie es ihr geht.«
Milena dagegen nickte und sagte dann mit Blick auf den Marktamtsleiter: »Aber bitte unter vier Augen.«
»Kein Problem. Ich bin schon weg!« Es klang beleidigt. Katzbach stellte die Teetasse ab, nahm seine Jacke von der Lehne des Schreibtischsessels und ging, an Bienzle vorbei, hinaus.
Der Kommissar zog die Tür zu, schob einen Stuhl dicht an

das Sofa heran und setzte sich. Milenas Gesicht war ebenmäßig, ihre Haut sehr hell, die Augen schimmerten grün. Sie richtete sich auf und schlug ihre langen Beine übereinander. Mit einem Mal wirkte sie gefasst. »Wir sind seit eineinhalb Jahren zusammen gewesen, Joseph Janicek und ich.«

Bienzle nickte. »Sie wollten am 15. Mai heiraten, nicht wahr?«

Milena begann zu weinen. Diesmal wirkte es freilich beinahe ruhig und beherrscht. »Ja«, sagte sie und legte beide Hände auf ihren Bauch.

Bienzle entging die Geste nicht. »Sie haben also eine gemeinsame Zukunft geplant, der Herr Janicek und Sie?«

Milena nickte.

»Erwarten Sie ein Kind von ihm?«

»Wie kommen Sie darauf?«

»Ich weiß net – es war plötzlich so eine Idee.« Er warf einen Blick auf Milenas Hände, die noch immer auf ihrem Bauch ruhten.

»Ich bin im dritten Monat schwanger«, sagte sie. »Er hat sich so auf das Kind gefreut!«

Es klopfte kurz an der Tür, die im gleichen Moment geöffnet wurde. »Es tut mir leid«, sagte Katzbach. »Ich brauche eine Akte aus meinem Schrank.«

»Kann ich nach Hause fahren?«, fragte Milena unvermittelt den Kommisar.

»Ich bring dich natürlich!«, sagte Katzbach.

Bienzle stand auf. »Das kann einer unserer Beamten übernehmen.«

»Lassen Sie mal, ich mach das sehr gerne!«

»Nein, Norbert. Du weißt genau, dass ich das nicht möch-

te«, sagte Milena Mechtel. Und dann zu Bienzle: »Ich schaffe das wirklich sehr gut alleine!« Sie stand rasch auf. Als sie an Katzbach vorbei zur Tür ging, legte er ihr kurz die Hand auf die Schulter, doch Frau Mechtel schüttelte sie mit einer kurzen, aber bestimmten Geste ab und ging rasch hinaus.
»Arbeiten Sie schon lange zusammen?«, fragte Bienzle den Marktamtsleiter.
»Fünf Jahre, wieso?«
»Sie wirken irgendwie vertraut miteinander.«
»Wir haben ein sehr gutes Arbeitsklima«, sagte Katzbach steif.
»Leben Sie alleine?«
»Ich wüsste nicht, was Sie das angeht. Warum fragen Sie mich das?«
»Na ja, Frau Mechtel ist eine attraktive Frau. Und wenn man so eng zusammenarbeitet … Ich weiß nicht genau, wer das geschrieben hat, ich glaube, es war Kurt Tucholsky: ›… dann wachsen die Leiber zusammen.‹«
»Was für ein Unsinn!«
»Ach, wissen Sie, so unsinnig finde ich das gar nicht. Wenn man, wie ich, so viel mit Menschen zusammenkommt und dann auch oft noch in prekären Situationen, weiß man, dass vieles möglich ist, Herr Katzbach. Und in der Liebe sowieso.«
»Mir wäre es lieber, Sie würden mich mit Ihrer Küchenpsychologie in Ruhe lassen.«
Bienzle war weit davon entfernt, dies dem Marktamtsleiter übelzunehmen. »Ich denke, wir sprechen uns noch«, sagte er und ging zur Tür. Katzbach setzte sich hinter seinen Schreibtisch und zog einen Aktenordner zu sich her, ohne den Kommissar weiter zu beachten.

Als Bienzle die Treppe hinunterstieg, fiel ihm siedendheiß ein, dass er – erstens – um sechs Uhr mit Hannelore in einem Reisebüro verabredet war und dass – zweitens – seine Einkäufe noch immer in dem Dienstwagen lagen, mit dem Gächter unterwegs war.
Ohne nach links und rechts zu sehen, stürmte er aus der Markthalle, rannte zum Rathaus hinüber und eilte die Schulstraße hinauf zur Königstraße. Unterwegs telefonierte er atemlos mit Gächter: »Die Mechtel ist aufgetaucht. Die hat keine Ahnung gehabt und ist völlig zusammengebrochen.«
»Vielleicht ist sie nur eine gute Schauspielerin«, sagte Gächter am anderen Ende der Leitung.
»Das glaub ich nicht. Auf mich hat das alles echt gewirkt. – Noch was, Gächter: Ich treff mich gleich mit meiner Hannelore. Und du hast noch meine ganzen Einkäufe in deinem Auto ...«
Bienzles Kollege war ohne Umstände bereit, mit dem Wagen zum Reisebüro zu kommen. »Wir können ja dann anschließend noch ein Radler sauer trinken, und du erzählst mir, was du sonst noch so erfahren hast.«
Hannelore verspätete sich um ein paar Minuten, weil es so schwer gewesen war, einen Parkplatz zu finden. Aber gerade als sie zum drittenmal die Runde drehte, fuhr ein Wagen aus einer Parklücke direkt vor dem Reisebüro heraus. Bienzle, der just in diesem Moment eintraf, winkte Hannelore ein. »Wartest du schon lange?«, fragte sie, als sie ausgestiegen war.
»Kaum der Rede wert.«
Hannelore hatte mit der Mitarbeiterin des Reisebüros bereits telefoniert, und die hatte ein Angebot ausgearbeitet.

»Ich würde Ihnen auf jeden Fall eine Gruppenreise vorschlagen.«
Bienzle verzog das Gesicht. Die Verkäuferin bemerkte das sofort und schob eilig nach: »Vor allem, wenn man nicht Russisch spricht.«
»Ich habe gelesen, man kommt in der Gruppe auch leichter in die Museen und Schlösser rein«, sagte Hannelore.
»Ganz recht! Und es ist ja auch eine Frage der Sicherheit.«
»Aber dann läuft man den ganzen Tag hinter einem Fähnele drein«, gab Bienzle zu bedenken.
»Ich versteh nicht …«
»Mein Mann meint das Fähnchen, das der Reiseleiter über den Kopf hält«, erklärte Hannelore.
»Ach so. Aber das ist einfach praktisch. Übrigens hätten Sie zwei Reiseleiter. Einen deutschen und einen russischen.«
»Das macht's au net besser«, brummte Bienzle.
Hannelore hatte sich inzwischen das Angebot angesehen, das die Reisefachfrau besonders empfohlen hatte. »Das ist es. Da sind alle Sehenswürdigkeiten drin, die ich mir gewünscht habe.«
Bienzle schaute ihr über die Schulter. »Aber billig ist das ja net direkt.«
»Dafür wird Ihnen aber auch eine Menge geboten.«
»Ich würde am liebsten gleich buchen«, meinte Hannelore, und zu Bienzle: »Hast du das mit den Terminen inzwischen geklärt?«
»Mir habet seit drei Tag einen neuen Fall. Ich weiß nicht, wie lang mich der in Anspruch nimmt.«
»Den muss dann eben der Gächter oder ein anderer deiner Kollegen übernehmen.« Hannelore kam mit ihrer Geduld

langsam an die Grenze. Zu der Frau hinter dem Verkaufstisch sagte sie: »Er hält sich für unentbehrlich, aber er ist es natürlich nicht.«
Bienzles Laune verschlechterte sich schlagartig. »Also so was kann man nicht übers Knie brechen. Wir nehmen den Vorschlag mit und melden uns dann wieder. Draußen fährt übrigens grad der Gächter vor. Wir müssen die Einkäufe umladen.«
Entschlossen ging er zur Tür. Hannelore entschuldigte sich mit einer bedauernden Geste bei der Verkäuferin und folgte ihm. Draußen freilich ließ sich ihr Zorn nicht mehr bezähmen. »Was denkst du eigentlich?«, fuhr sie Bienzle an. »Meinst du, ich lasse mich vor dieser fremden Person so vorführen?«
Gächter, der gerade ausgestiegen war und den letzten Satz gehört hatte, sagte: »Du wirst ja wohl nicht mich gemeint haben mit der fremden Person?«
Aber Hannelore hatte ihm gar nicht zugehört. »Und warum müssen wir überhaupt die Einkäufe umladen? Kannst du die nicht mitbringen?«, herrschte sie Bienzle an.
»Ich weiß nicht, wie spät es wird. Ich muss mich schließlich um diesen Geza kümmern.«
»Wieso *das* denn?«, mischte sich Gächter ein.
»Weil ich's dem Richter versprochen hab, und weil ich mir davon eine Menge Aufschlüsse erwarte.«
»Heißt das, du betreust den jetzt so richtig?«, wollte Hannelore wissen.
»Nur vorübergehend. Bis ihn ein Sozialarbeiter übernimmt.«
Das war für Hannelore zu viel. »Hilfst du mir mal das Zeug umladen, Günter«, sagte sie zu Gächter, ohne Bienzle auch

nur noch eines Blickes zu würdigen. Und schließlich fuhr sie davon, ohne ein Wort gesprochen zu haben.

»Au weia«, machte Gächter. »Irgendwas ist da offenbar ganz schön schiefgelaufen.«

»Ich kann's jetzt auch nicht ändern«, raunzte Bienzle.

»Bist du da so sicher? Ich an deiner Stelle würde mir das noch mal überlegen.« Gächter stieg in sein Auto und fuhr ebenfalls davon. Bienzle blieb alleine auf der Königstraße zurück und fühlte sich von der ganzen Welt missverstanden. Eine Weile stand er unbeweglich auf dem Bürgersteig. Dann wendete er sich plötzlich um und ging noch einmal in das Reisebüro zurück.

Eine Viertelstunde später trat er wieder heraus. Er wirkte erleichtert. Fast beschwingt schritt er die Königstraße hinab. Plötzlich blieb er stehen. Die Frau, die da vor einem Schaufenster stand und Schuhe in allen Preisklassen betrachtete, kannte er doch.

Er trat auf sie zu. »Ursula? … Äh … Entschuldigung, Angelina?«

Die junge Frau drehte sich um. Sie war es, ganz ohne Zweifel. Ihr dunkler Teint, die fast schwarzen Augen, diese wunderbar geschwungenen Augenbrauen, die niedliche Himmelfahrtsnase. »Na so was! Der Herr Bienzle«, rief sie überrascht.

»Erst heut Mittag haben wir noch über Sie gesprochen«, sagte der Kommissar.

»Wer?«

»Na, der Gächter und ich.«

»Wollen wir einen Kaffee zusammen trinken?«

»Tät ich wahnsinnig gern, aber wir stecken in einem Fall, der uns kaum die Luft zum Atmen lässt.«

»Gut«, sagte die junge Frau forsch, »dann begleite ich Sie ein Stück.« Ungeniert hakte sie sich bei dem Kommissar ein, und Bienzle musste zugeben, dass ihm das nicht schlecht gefiel. Er versuchte, seine Schritte den ihren anzupassen, was ihm nach einer Weile auch gelang. »Wie geht's ihm denn?«, fragte Angelina.

»Sie meinen den Gächter? – Wenn Sie ihn behalten hätten, dät's ihm bessergehen.«

»Wie, behalten?«

»Na ja, wenn Sie nicht Schluss gemacht hätten.«

»Ich?« Sie blieb abrupt stehen und zog Bienzle, der zwei Schritte weitergegangen war, am Arm zurück und dicht zu sich heran. Bienzle roch ein wunderbar frisches Parfüm. »Behauptet er das?«

»Ja sicher. Und er leidet wie ein Hund darunter.«

»Also das ist doch ...! Wie kommt er dazu, so etwas zu behaupten?«

»Aber er leidet wirklich. Ich kann das beurteilen. Wir sind seit siebzehn Jahren Kollegen und wirklich gute Freunde.«

»Ich meine, wie kommt er darauf zu behaupten, ich hätte ihm den Laufpass gegeben?«

»Ja, ist es denn nicht so?« Bienzle ging weiter, und Angelina holte ihn schnell wieder ein.

»Wir haben uns gestritten, ja.«

»Glauben Sie ja nicht, dass ich das nicht kenne, Angelina.«

»Aber wenn man streitet, kann man sich doch auch wieder versöhnen.«

»Ja, so was hab ich zum Beispiel grad auch vor.«

Aber Angelina ließ sich nicht unterbrechen. »Der feine Herr Günter Gächter hat es vorgezogen, beleidigt zu sein. Das ist jetzt schon ein Dreivierteljahr her. Sie glauben ja gar nicht,

wie oft ich mein Telefon angestarrt habe, weil ich gedacht habe, ich könnte den Gächter durch Fernhypnose oder so was dazu bringen, mich endlich anzurufen.«
Bienzle lächelte. »Sie haben also ein Telefon?«
»Ja, natürlich. Was ist das denn für eine Frage?«
»Und warum haben *Sie* nicht *ihn* angerufen?«
»Ich?«
»War nur so eine Idee. Ich muss übrigens da rüber in die Markthalle.«
»Klasse, da kann ich auch gleich noch einkaufen.«
»Ich glaube, die Stände haben jetzt schon geschlossen. Ich muss da ja dienstlich rein.«
»Okay, hat ja auch morgen noch Zeit. Schön, dass ich Sie mal wiedergesehen habe – und alles Gute.« Sie küsste Bienzle auf beide Wangen und stöckelte auf ihren hohen Absätzen in die Bärenstraße hinein. Bienzle sah ihr nach und war froh, dass ihn niemand beobachtete. Er war doch tatsächlich rot geworden.

Hannelores Wut war noch längst nicht verraucht, als sie den Wagen vor dem Haus abstellte und zunächst die Tüten herauswuchtete, die für Rominger bestimmt waren. Sie hatte gerade die Haustür aufgestoßen, da trat der Hauswirt auch schon aus seiner Wohnung. »Hat der Herr Bienzle jetzt Sie einkaufe lasse?«
Hannelore bemühte sich, ihre schlechte Laune zu überspielen. »Nein. Ich bin nur die Botin. Hier. Nehmen Sie mir das mal ab. Das sind ja ziemlich exotische Dinge, die Sie bestellt haben.«
»Ja, gell!«
Rominger nahm die Taschen entgegen und prüfte genau,

was drin war. Währenddessen sagte er: »Hättet Sie vielleicht am Freitagabend Zeit?«
»Wofür?«, fragte Hannelore überrascht.
»Ich dät Sie gern eilade.«
Hannelore starrte den Vermieter perplex an. »Einladen, mich?«
»Sie und Ihren Herrn Bienzle natürlich. – Ich koch au was.«
»Ja, dann können wir ja kaum nein sagen. Ich werde mit Bienzle reden. Hier. Die Rechnung!«
Sie reichte Rominger einen Zettel. Der Hauswirt warf einen Blick darauf, zog die Stirn kraus, sagte aber nichts dazu, obwohl ihm anzusehen war, wie furchtbar teuer er das alles fand.

Kurz vor sieben Uhr hatte Bienzle Geza Janicek in der Markthalle abgeholt. Er hatte sich von der Fahrbereitschaft einen Wagen bringen lassen. Jetzt bog er in die Garageneinfahrt eines ansehnlichen Wohnhauses in Stuttgart-Sillenbuch ein. Im gleichen Augenblick wurde ihm klar, dass das womöglich genau die Einfahrt war, in der Joseph Janicek vor fünfzehn Jahren seinen eigenen Sohn überfahren hatte.
»Habt ihr schon immer hier gewohnt?«, fragte er.
»Nein, erst wie die Mama fort war.«
Bienzle atmete auf. »Schön habt ihr's hier.«
»Dort geht's rein!« Geza lief seitlich ums Haus. Bienzle folgte ihm. Den Schlüssel hatte er sich von Siegfried Körner geben lassen. Während er aufschloss, sagte Bienzle: »In einer halben Stunde kommt dann jemand vom Sozialamt. Der kümmert sich um dich.«
»Quatsch. Das machst doch du!«

Bienzle sagte nichts dazu. Er hatte ja noch etwas Zeit, um Geza zu erklären, wie es nun weitergehen würde.
Sie betraten einen großen Wohnraum, dem ein geräumiger Wintergarten vorgelagert war. Dahinter ging der Blick auf einen großen Garten, der im Wesentlichen aus einem gepflegten englischen Rasen bestand.
»Ich bin gleich wieder da«, rief Geza und stürmte die Treppe hinauf.
Bienzle sah ihm nach. »Wie ein kleines Kind«, sagte er leise und schüttelte den Kopf. »Ein kleines Kind im Körper eines ausgewachsenen Mannes.«
Schon nach wenigen Minuten kam Geza wieder die Treppe herabgesprungen. Er trug einen Schuhkarton in den Händen und schüttete den Inhalt auf einen Glastisch in der Mitte des Wohnzimmers: Memory-Karten, die schon oft im Gebrauch gewesen sein mussten; denn sie waren abgegriffen und zum Teil sogar eingerissen. Aber auch sonst waren sie nicht mit den handelsüblichen zu vergleichen. Bienzle nahm einige hoch, drehte sie zwischen den Fingern und stellte überrascht fest: Manche waren handgemalt, andere mit Zeitungsbildern beklebt. »Hast du die selbst gemacht?«
Geza nickte und lachte. »Selbst gemacht, ja. Der Geza gewinnt immer.«
»Na, wart's ab! Hast du schon mal gegen einen Kriminalkommissar gespielt?«
Geza legte jetzt die Kärtchen mit den Bildern nach unten in Reihen. »Du fängst an. Eins aufdecken. Und noch eins!«
»Ich kenn das Spiel.« Die Kärtchen, die Bienzle zuerst umdrehte, passten nicht zusammen. Jetzt griff Geza nach zwei Karten. Im gleichen Augenblick klingelte es an der Haustür.

»Ooch, Menno!«, maulte der Junge.
Bienzle stand auf und ging hinaus, um zu öffnen. Geza mischte die Kärtchen neu und ordnete sie dann wieder zu geraden Reihen. Von draußen hörte er Bienzles und eine weibliche Stimme. Misstrauisch sah Geza zur Tür, durch die der Kommissar jetzt in Begleitung einer kleinen, pummeligen Frau trat. »So, da bin ich«, rief sie fröhlich.
»Das ist Frau Meinerzhagen«, sagte Bienzle.
Geza starrte die Frau böse an und fragte Bienzle: »Was will die?«
»Die Frau Meinerzhagen kommt vom Sozialamt. Sie wird sich um dich kümmern, Geza.«
»Nein!« Geza stampfte mit dem Fuß auf.
»Doch, denn ich muss jetzt leider gehen.«
»Wir werden uns bestimmt gut verstehen«, sagte Frau Meinerzhagen.
»Gehen, gehen, gehen. *Die* soll gehen.«
»Aber warum? Du hast sie doch noch gar nicht kennengelernt«, sagte Bienzle.
Geza ballte die Fäuste. »Raus, raus! Dreck! Dreck!«
»Was, Dreck? Was redest du denn da?« Bienzle hatte Mühe, einigermaßen gelassen zu bleiben.
»Weiber sind Dreck, alle Dreck. Die auch. Die soll abhauen.« Geza wischte die Karten und den Karton mit einer heftigen Bewegung vom Tisch.
»Jetzt reicht's aber«, herrschte Bienzle den Jungen an. »Nimm dich gefälligst zusammen, Geza!« Dann wendete sich der Kommissar an Frau Meinerzhagen, die noch immer mit einem unsicheren Lächeln in der Tür stand. »Kommen Sie!« Er nahm sie am Arm und führte sie hinaus.
»Da ist ja was gründlich schiefgelaufen«, meinte die Frau

vom Sozialamt, als sie vor die Haustür getreten waren. »Mit Frauen hat der junge Mann wohl ein Problem.«

Bienzle nickte. »Das hat womöglich mit seiner Mutter zu tun, die ihn verlassen hat, als er noch ein kleines Kind war.«

»Dann bin ich aber ganz offensichtlich eine Fehlbesetzung.«

»Könnte Ihre Dienststelle einen männlichen Kollegen schicken?«

»Den Herrn Weller vielleicht, aber der wird heute nicht mehr zur Verfügung stehen.«

Die Haustür wurde von innen aufgerissen. »Die soll endlich abhauen! Weg! Weg!!«, schrie Geza Janicek.

Bienzle und Frau Meinerzhagen tauschten Blicke. »Tut mir leid, dass ich Ihnen nicht helfen konnte«, sagte die Frau, »aber es ist wohl tatsächlich besser so.«

Bienzle reichte ihr die Hand. »Trotzdem: Vielen Dank.«

»Keine Ursache. Ich kümmere mich darum, dass Herr Weller den Fall übernimmt.« Frau Meinerzhagen wandte sich ab und ging über den Plattenweg am Haus entlang zum Eingangstor.

Geza spuckte auf den Boden. Dann rannte er wieder ins Haus hinein. Als Bienzle in das große Wohnzimmer zurückkehrte, saß Geza vor den sauber aufgereihten Karten und schaute ihm erwartungsvoll entgegen.

Bienzle blieb in der Tür stehen. »Wer soll sich jetzt um dich kümmern, hä?«

»Der Papa, wenn er endlich wiederkommt.« Bienzle war ratlos. Er holte tief Luft. Aber Geza ließ ihn nicht dazu kommen, etwas zu sagen. »Und wenn er lange nicht wiederkommt, bleibt der Bienzle da. Los, komm, wir spielen!«

»Ich kann nicht die ganze Nacht hierbleiben.«
»Warum nicht?«
Bienzle begriff, dass er sich selbst in eine Falle manövriert hatte. Mehr zu sich selber sagte er: »Mann, Mann!« Dann setzte er sich Geza gegenüber. »Wer fängt an?«
»Ich!« Geza war begeistert. Er drehte nacheinander zwei Karten um. Sie passten nicht zusammen.
»Also jetzt ich«, sagte Bienzle, drehte eine von den beiden Karten, die Geza zurückgelegt hatte, um und fand die passende dazu. »Jetzt darf ich ja wohl weitermachen.« Der Junge nickte nur. Er wirkte jetzt hoch konzentriert. Bienzle drehte ein neues Paar um, hatte aber kein Glück.
Geza war wieder am Zug. Aber Bienzle sagte: »Warte mal einen Moment.« Er zog sein Handy heraus und wählte seine Nummer zu Hause. »Ich bin's«, sagte er. »Es haben sich ein paar Schwierigkeiten ergeben …«
»Und ich dachte, wir hätten schon Schwierigkeiten genug«, sagte Hannelore kühl.
»Ich glaub, ich muss heut Nacht hier bei Geza bleiben.«
»Falls du vorhast, länger wegzubleiben: Rominger hat uns für Freitagabend zum Essen eingeladen.« Ihr Ton änderte sich nicht.
»Hannelore, ich hab's grad wirklich nicht so einfach.«
»Wenn du glaubst, für mich sei's einfach, dann täuschst du dich.« Sie legte auf.
»Du bist dran«, rief Geza.
Bienzle deckte zwei Karten auf. Sie passten nicht zusammen. Als Geza die nächsten beiden Karten hochnahm, passten sie. Das folgende Paar ebenso. Immer schneller griff der Junge zu. Er spielte sich förmlich in einen Rausch hinein, fand immer schneller passende Paare, nahm es dabei

mit den Regeln aber immer weniger genau. Wenn eine Karte nicht passte, legte er sie blitzschnell zurück und griff zur nächsten. Am Ende strahlte er glücklich. Er nahm das letzte Paar Karten auf, presste es an die Brust und ließ sich gelöst in das Sofa fallen.

Bienzle lächelte. »Schön, gell?«

»Mhm«, machte Geza.

Danach war es kein großes Problem gewesen, Geza davon zu überzeugen, dass er ins Bett musste. Bienzle hatte ihm mehrfach versprechen müssen, die Nacht über dazubleiben. Schließlich hatte Geza gerufen: »Schlafanzug anziehen, Zähne putzen« und war im Badezimmer verschwunden.

Bienzle zog sein Handy heraus, wählte die Nummer seines Telefons zu Hause, hielt dann aber inne und schaltete ab, bevor es bei Hannelore klingeln konnte.

Später, nachdem er Geza eine gute Nacht gewünscht hatte, rückte er sich einen großen Ohrensessel zurecht, stellte eine breite Fußablage davor, suchte sich eine Decke und versuchte, eine bequeme Stellung zu finden, um ein wenig schlafen zu können. Das musste ihm auch tatsächlich gelungen sein, denn als er wieder zu sich kam, schien der Mond durchs Fenster. Er brauchte ein paar Augenblicke, um zu bemerken, wovon er wach geworden war. Es waren Schreie, angsterfüllte Schreie aus Gezas Zimmer. Bienzle quälte sich aus dem Sessel. Er kam kaum hoch, so sehr schmerzte sein Rücken. Auf Strümpfen tappte er die Treppe hinauf. Als er die Tür zu Gezas Zimmer öffnete, brannte dort Licht. Aber der Junge schien nicht wach zu sein. Er wälzte sich offenbar unter schlimmen Alpträumen hin und her, stieß immer wieder die Fäuste in die Luft und gab unartikulierte Schreie von sich. Doch plötzlich waren ein paar

Worte zu verstehen. »Papa!«, schrie er. »Papa!! Papaaaaa! Hilfe! Nicht!!! Papa, wo bist du?«
Bienzle stand einen Moment ratlos unter der Tür, dann aber eilte er zu Gezas Bett, packte den jungen Mann an beiden Schultern und schüttelte ihn. Gezas Schreie wurden wieder unartikuliert, gingen dann in ein Schluchzen und schließlich in ein erbarmungswürdiges Wimmern über. Sein Atem ging stoßweise. Speichel trat aus dem Mund. Bienzle legte beide Arme um den Jungen, drückte ihn an sich und sprach leise beschwörend auf ihn ein: »Ruhig, ganz ruhig, Geza.« Und dann, ohne dass ihm bewusst war, wo das plötzlich herkam, begann er leise zu singen: »Heile, heile Segen, drei Tag Regen, drei Tag Schnee, morgen tut's schon nimmer weh ...«
Geza beruhigte sich. Sein Atem ging jetzt gleichmäßiger. »Papa?«, sagte er.
»Nein, ich bin's, der Bienzle.«
»Bienzle?«
»Ja. Ist es jetzt wieder gut?«
Als Geza nicht antwortete, schob ihn Bienzle behutsam von sich. Der Junge war wieder eingeschlafen. Bienzle bettete ihn vorsichtig zurück. Er wollte sich gerade von Gezas Bett erheben und auf Zehenspitzen hinausschleichen, als er ein Geräusch hörte. Ein metallisches Klirren, dann das Splittern von Glas. Die Geräusche kamen vermutlich aus dem Kellergeschoss des Hauses. Bienzle setzte seinen Fuß auf die erste Treppenstufe nach unten. Mit jedem Schritt wurde ihm klarer, dass er sich nichts eingebildet hatte. Jetzt klang es, als ob jemand einen Schrank aufbrechen würde. Holz splitterte. Bienzle stieg schneller hinab. Er hatte bereits das Erdgeschoss hinter sich. Als er den Treppenabsatz

auf halbem Weg zum Keller erreichte, sah er kurz ein Licht aufleuchten, das vermutlich von einer Taschenlampe kam. Bienzle nahm die letzten Stufen in kurzen Sätzen. Dann schrie er: »Halt, Polizei!«

Ein Schatten machte einen Sprung auf Bienzle zu. Ein Schlag. Ein stechender Schmerz zwischen Schulter und Hals. Bienzle wurde gegen die Wand zurückgeworfen, konnte aber noch erkennen, dass eine Gestalt durch ein Kellerfenster flüchtete. Der Kommissar fasste nach seiner Schulter und fühlte, dass er ziemlich stark blutete. Im gleichen Augenblick flammte das Licht auf. Geza stand am oberen Ende der Kellertreppe und rief: »Was ist denn los?«

Fünf Minuten später – Bienzle hatte inzwischen im Präsidium den Kommissar vom Dienst angerufen und um Verstärkung gebeten, aber die Kollegen ließen auf sich warten – saß der Kommissar auf dem Wannenrand im Badezimmer. Geza hatte die Platzwunde in Bienzles Halsbeuge ausgewaschen und legte nun ein breites Pflaster auf.

»Da hab ich ja noch mal Glück g'habt«, sagte Bienzle.

Geza sang plötzlich: »Heile, heile Segen, drei Tag Regen, drei Tag Schnee, morgen tut's schon nimmer weh.«

»Drei Tag Hühnerdreck, ist der ganze Schmerz scho weg«, ergänzte Bienzle. Beide lachten.

»Du machst das richtig gut«, lobte Bienzle. »Ich glaub, du kannst überhaupt viel mehr, als du denkst.«

Geza schüttelte den Kopf. »Nein! Bloß aufräumen und einräumen.«

»Du müsstest es dir nur zutrauen. Wenn dir jemand hilft, kannst du vielleicht doch auch allein hier wohnen.«

Das ärgerte Geza so sehr, dass er das nächste Pflaster, ein

besonders großes, Bienzle quer über den Mund klebte. »Ich will nicht allein sein.«
Im gleichen Augenblick klingelte es an der Tür. Geza schaute Bienzle fragend an.
Bienzle riss das Pflaster ab. »Das müssen meine Kollegen sein.«
»Da sind wir«, sagte Schober, der Leiter der Spurensicherung, als Bienzle die Haustür öffnete. Er musterte Bienzle. »So wie du aussiehst, gehst du am besten heim und legst dich aufs Ohr.«
Geza war nun hinzugekommen. »Und was machen wir dann mit dir?«, fragte Bienzle ihn.
»Ich komm mit!«
»Gute Idee«, meinte Schober. »Dann können wir hier in Ruhe arbeiten.«
»Ich weiß nicht, ob ich das meiner Hannelore zumuten kann. Er ist so aggressiv gegen Frauen.«
»Die wird schon mit ihm fertigwerden.«
»Da hascht au wieder recht.«
Schober ließ sich von Bienzle in den Keller führen. Die Spurensicherer leuchteten das ganze Untergeschoss mit starken Lampen aus. »Ganz klarer Einbruch«, sagte der Fachmann gleich. »Fragt sich bloß, was der oder die hier gesucht haben.«
»Das lese ich ja vielleicht morgen in eurem Bericht«, sagte Bienzle. Dann rief er den jungen Janicek: »Kommst du, Geza. Zieh dir was an und pack deine Zahnbürste ein.«

Vierter Tag – Donnerstag

Es war kurz nach sieben Uhr, als Hannelore aufwachte. Gewohnheitsgemäß fasste sie zum Nachbarbett hinüber. Aber es war leer. War er also doch nicht nach Hause gekommen. Hannelore fühlte sich unwohl. Sie hatte am Abend noch dem Rotwein zugesprochen und dabei mehr getrunken, als ihr guttat. Und ständig waren ihre Gedanken um den Streit gekreist, den sie mit Bienzle in dem Reisebüro gehabt hatte. Was war eigentlich passiert? Sie wusste ja, dass Bienzle ein eigensinniger, oft ausgesprochen sturer Mensch sein konnte. Aber so, wie er sich gestern benommen hatte, war er ihr zuwider gewesen, und das hatte sie zuvor niemals empfunden. Auch jetzt, da die Erinnerung an die Auseinandersetzung langsam zurückkam, stieg sofort wieder die Wut in ihr auf. Sie warf ihre Beine über den Bettrand und stand auf. Ihr Blick fiel auf das leere Bett, und plötzlich war ihr, als müsste sie gleich losheulen. Aber sie riss sich zusammen, warf den Morgenmantel über und machte sich auf den Weg ins Bad.

Als sie aus dem Schlafzimmer ins Wohnzimmer trat, blieb sie überrascht stehen. Auf der Couch schlief Bienzle tief und fest. Auf einer Luftmatratze am Boden lag ein junger Mann auf dem Rücken und schnarchte leise. »Was ist denn hier los?«, entfuhr es ihr. Bienzle kam zu sich. Geza drehte sich um. Sein Schnarchen verebbte, aber er schlief weiter.

Bienzle richtete sich auf. »Es ging nicht anders. Tut mir leid«, flüsterte er.
»Ich warte dann drüben in meinem Atelier auf dich. Du wirst mir einiges erklären müssen.« Hannelore rauschte aus dem Zimmer.
Mühsam erhob sich Bienzle von der Couch. Er brauchte ein paar Augenblicke, um sein Kreuz geradezuziehen. Dann fuhr er mit seinen nackten Füßen in seine Pantoffeln und schlurfte ins Bad.
Weit vorgebeugt betrachtete Bienzle sein Gesicht im Spiegel über dem Waschbecken. Seine Haut sah schlaff aus, unter den Augen traten faltig die Tränensäcke hervor. Sein Blick kam ihm stumpf vor. Alter sei nun mal nichts für Weichlinge, hatte ihm einmal jemand gesagt. Bienzle stieg in die Duschkabine, drehte nur den Hahn für Kaltwasser auf und ließ es in voller Stärke auf sich herabströmen. Er nahm sich vor, bis fünfzig zu zählen, kam aber, obwohl er immer schneller gezählt hatte, nur bis sechsunddreißig, ehe er das Wasser wieder abstellte. Er fröstelte, als er aus der Dusche trat, trocknete sich ab und schlüpfte in seinen Bademantel. Bevor er sich auf den Weg ins Atelier machte, suchte er sein Jackett und entnahm der Jackentasche ein Kuvert.
Hannelore saß auf einem runden Hocker, der sich über ein Gewinde in der Höhe verstellen ließ, direkt vor ihrer Staffelei und sah ihn herausfordernd an. Ihre Lippen hatte sie aufeinandergepresst. Sie wirkte entschlossen.
Bienzle zögerte, bevor er sagte: »Es ist nur für die paar Stunden. Er kommt in ein Heim für betreutes Wohnen. Ich muss das nur noch arrangieren.«
»*Du* musst das arrangieren? Dafür gibt es doch bestimmt andere Stellen.«

»Ja. Ich ruf ja auch gleich nachher beim Sozialamt an. Aber mir vertraut er. Ich kann ihn halt besser zu was überreden als andere.«
»Na gut, das ist dein Problem«, sagte Hannelore spitz. »Aber das hier ist unsere gemeinsame Wohnung. Wenigstens im Augenblick noch.«
Bienzle hatte ein Gefühl, als ziehe ihm jemand den Boden unter den Füßen weg. »Was meinst du denn damit: ›Wenigstens im Augenblick noch‹?«
»Lass uns darüber reden, wenn dieser Mensch aus dem Haus ist, ja?!«
»Na gut!« Bienzle zog das Kuvert aus der Bademanteltasche, legte es auf das schmale Ablagebrettchen vor der Staffelei und verließ das Atelier.
Kaum hatte er die Tür hinter sich zugezogen, da griff Hannelore nach dem neutral weißen Kuvert und zog einen dünnen Stapel Papiere heraus: Flugtickets, Hotel-Voucher, Stadtplan von St. Petersburg, Beschreibung der Gruppenreise mit genauen Tagesablaufplänen. Ihr blieb förmlich die Luft weg. Die Reise sollte vom 1. Juni, Pfingstmontag, bis 15. Juni stattfinden. Eine stattliche Anzahlung war geleistet worden.
Hannelore verließ ihr Atelier, durchschritt den Wohnraum, in dem der junge Mann noch immer schlief, und trat ins Schlafzimmer. Bienzle saß auf dem Stuhl vor ihrer Frisierkommode und löste ein dickes Pflaster in seiner Halsbeuge ab.
Erschrocken fragte Hannelore: »Was hast du denn da?«
»Nichts Schlimmes, ich hab einen Schlag abgekriegt.«
»Zeig her!« Hannelore fasste ihn an beiden Schultern und drehte ihn zu sich um.

»Ich hab mich gestern beschissen benommen«, sagte Bienzle.
»Ja, das stimmt.« Hannelore fuhr mit der Kuppe ihres Zeigefingers über die noch nicht ganz verschorfte Wunde.
»Wie ist das passiert?«
»Bei Geza zu Hause ist eingebrochen worden. Ich wollte die Einbrecher stellen.«
Hannelore schraubte ein Jodfläschen auf. »Hat der Vater des Jungen denn eigentlich ganz alleine mit ihm gelebt?«
»Ja, aber er hatte eine Freundin, die er dieses Jahr sogar noch heiraten wollte.«
»Und warum kann Geza nicht zu ihr?« Hannelore tupfte die Wunde mit Jod ab.
»Au«, schrie Bienzle, »au, au, des brennt ja saumäßig.«
»Sei nicht so wehleidig. Das muss sein.«
Bienzle atmete tief durch. Der Schmerz ließ nach. »Vielleicht sollte ich die Frau Mechtel wirklich mal fragen.«
»Wer ist Frau Mechtel?«
»Die Freundin von Janicek. Sag mal, brauchst du nicht bald ein neues Handy?«
»Warum denn? Meins tut's doch.«
»Ach, nur so.«
Hannelore klebte einen neuen Pflasterverband auf. Sie zögerte kurz, bevor sie sagte: »Bienzle, ich fürchte, du lässt dich zu sehr auf diesen Geza Janicek ein.«
»Ja, da könntest du recht haben. Aber er ist der Schlüssel zu diesem Mordfall. Da bin ich ganz sicher.«
»Na, hoffentlich hast du ihn bis Anfang Juni gelöst!« Hannelore ging zur Tür.
»Warte mal«, rief Bienzle.
»Ja?«

»Entschuldigung angenommen?«, fragte er.
»Ja, trotzdem …«
»Trotzdem was?«
»Wir müssen noch einmal in Ruhe drüber reden. Ich möchte nicht, dass es so geht, wie ich neulich gelesen habe …«
»Was hast du denn gelesen?«
»Mit der Trennung ist es wie mit der Liebe: Immer findet der Verstand erst im Nachhinein mühsame Erklärungen für Empfindungen, die schon alles entschieden haben, bevor sich das erste Argument einstellt.« Hannelore zog die Tür hinter sich zu.
Zum Frühstück fanden sich alle am Tisch in der wohnlichen Küche wieder. Geza machte sich über Brötchen, Wurst, Butter und Käse her, als sei er völlig ausgehungert. Er sprach kein Wort, mampfte aber in Rekordzeit ein belegtes Brötchen in sich hinein, wobei er die einfachsten Formen kultivierten Essens vermissen ließ.
Hannelore schaute ihm eine Weile zu und sagte dann: »Bei Ihnen scheint es ja lange nichts gegeben zu haben.«
Geza beachtete sie nicht.
Bienzle sagte leise: »Sag ruhig du zu ihm. Er ist ja im Grunde noch immer ein Kind.« Dann kam er auf die Ereignisse der vergangenen Nacht zurück: »Sag mal, Geza, hast du irgendeine Ahnung, was die Einbrecher bei euch gesucht haben?«
»Nein. Weiß nicht.«
»Bitte, denk nach! Hat dein Vater irgendwann mal etwas erwähnt, was man vor anderen Leuten verstecken oder geheim halten muss?«
Geza schaute Bienzle nur kurz an und aß weiter. Als Han-

nelore nach der Butter griff, war der junge Mann schneller und riss die Dose an sich. Bienzle und Hannelore schauten sich betroffen an, sagten aber nichts dazu.
Betont beiläufig setzte Hannelore das Gespräch fort. »Ist es nicht so, dass immer wieder in Häuser eingebrochen wird, wenn jemand gestorben ist?«
»Ja«, bestätigte Bienzle, »aber die Einbrecher warten dann die Beerdigung ab. Da können sie sicher sein, dass niemand daheim ist. Vielleicht finden meine Kollegen vom Einbruchdezernat etwas. Jedenfalls kann Geza dort nicht alleine wohnen.«
Hannelore angelte erneut nach der Butterdose. Geza zog sie ihr weg. »Ich bleib beim Bienzle!«
Hannelore schaute Bienzle irritiert an, aber der zeigte durch ein dezentes Kopfschütteln, dass da natürlich nichts dran sei. Zu Geza sagte er: »Bei uns kannst du nicht bleiben.«
»Doch«, antwortete Geza trotzig.
»Ich bin aber jederzeit für dich erreichbar. Pass auf: Ich programmier jetzt meine Nummer auf dein Telefon, dann kannst du mich immer anrufen, wenn es ein Problem gibt. Gibst du mir mal dein Handy?«
Geza reichte Bienzle sein Mobiltelefon, und der Kommissar versuchte, seine Nummer einzuprogrammieren, was ihm freilich nicht auf Anhieb gelang.
Geza lachte meckernd. »Gib her!« Er nahm Bienzle das Gerät aus der Hand. »Die Nummer?«
»Meine Nummer: 67...«
Geza tippte blitzschnell die Nummer ein.
»Zuerst die Vorwahl«, sagte Hannelore.
»Ach so, ja. 0171 und dann 6725541.«

»Die leg ich auf die Zwei«, sagte Geza.
»Auf die Zwei? Warum auf die Zwei?«
»Auf der Eins ist doch der Papa!«
»Ach so, ja natürlich.« Der Kommissar ging zum Kühlschrank, um sich einen Becher Joghurt herauszuholen. Er hatte sich noch nicht ganz wieder aufgerichtet, da schrillte sein Handy, das auf einem Bord neben der Tür lag. Bienzle ging hin und meldete sich. »Ja, Bienzle. Hallo? Ist da wer dran? Wer? Ach, Geza. Sag mal …« Bienzle drehte sich um. Gezas Platz war leer. Er war in Hannelores Atelier gerannt und hatte von dort aus Bienzle angerufen. Jetzt kam er grinsend zurück. Bienzle musste unwillkürlich lachen. »Du Schlawiner!«
Wieder klingelte das Telefon. Geza saß ganz friedlich auf seinem Stuhl und verdrückte den Rest seines dick belegten Brötchens. »Wer ist da?«, fragte Bienzle. »Ach, du bist's, Gächter.« Er hörte einen Moment zu. »Ach«, machte er dann, »das ist allerdings interessant. Holst du mich ab? Danke.« Er legte auf und sah Hannelore an. »Kann der Geza heute Morgen noch hierbleiben?«
Hannelore zögerte. »Eigentlich muss ich ja arbeiten. Du weißt, die Bilder müssen vor unserem Urlaub fertig sein.«
»Ich kann ihn halt jetzt nicht mitnehmen.«
»Wenn er verspricht, dass er mich beim Arbeiten nicht stört. Wo ist er überhaupt?«
Geza war schon wieder verschwunden. Sie machten sich auf die Suche und fanden ihn im Atelier. Er saß auf dem Boden und bearbeitete einen von Hannelores Skizzenbögen mit Pinsel und Farbe.
Hannelore seufzte. »Na wenigstens kann er sich beschäftigen. Ich krieg das schon irgendwie hin.«

»Danke dir, mein Schatz!« Bienzle küsste Hannelore auf den Mund.
Geza schaute kurz hoch. Seine Miene verfinsterte sich. Einen Moment lang traktierte er den Block mit den Farben, als würde er kämpfen. Aber das bemerkten weder Bienzle noch Hannelore. »Ich schick dir den Mann vom Sozialen Dienst, so schnell es geht«, sagte der Kommissar.
Im Treppenhaus öffnete sich Romingers Wohnungstür, sobald Bienzle die ersten Stufen hinuntergegangen war. »Ihr Kollege wartet scho drauße em Auto auf Sie.«
»Ihne entgeht aber auch gar nix«, knurrte Bienzle.
»Zum Glück net. Was ischt, klappt's am Freitag?«
»Was denn?«
»Ja, hat Ihre Frau Hannelore net mit Ihne geschwätzt?«
»Ach so, des Abendesse morgen. Doch, doch. Mir sind scho saumäßig g'schpannt. Des wird ja sicher aufregend.«
»Ja warum jetzt des?«
Bienzle dachte an all die spanischen Spezialitäten, die er mühevoll in der Markthalle zusammengetragen hatte. »Na ja, was Sie vorhabet ...«
»Des ischt doch nix B'sonders.«
»Ja, wenn Sie des so sehet.« Die Haustür fiel hinter Bienzle ins Schloss.

»Was war denn da los heute Nacht?«, empfing ihn Günter Gächter.
»Hat's der Schober net erzählt?«
»Nur dass bei Janicek eingebrochen worden ist. Und dass du den Einbrecher wahrscheinlich vertrieben hast, bevor er etwas stehlen konnte.«
»Die Frage ist ja, ob's da überhaupt etwas zu holen gab.«

»Schwer zu sagen. Immerhin hinterlässt Janicek seinem Sohn gut und gern fünf Millionen Euro.«

»Was?«, fragte Bienzle perplex. »Wer sagt das?«

»Eine Dame bei der Bank, die mich ausgesprochen schätzt.«

»So was gibt's?« Bienzle ließ sich auf den Beifahrersitz fallen.

»Ja, so was gibt's!« Gächter startete den Motor und fuhr los.

Als er in die Heilbronner Straße einbog, sagte er: »Rate mal, wer mich gestern Abend ganz spät noch angerufen hat.«

»Keine Ahnung. Woher soll ich das wissen?«

»Frau Sommer.«

»Aha? Und wer ist Frau Sommer?«

»Ach so, ja, du kannst dir ja keine Namen merken. Angelina Sommer!«

»Angelina. Angelina, kommt mir irgendwie bekannt vor.«

»Meine Exfreundin!«

»Ach so, die! – Ja und?«

»Sie will sich mit mir treffen. Ist das nicht komisch?«

»Was soll jetzt daran komisch sein?«

»Na ja, gestern haben wir zwei noch über sie gesprochen, und du hast gesagt, vielleicht sei da das letzte Wort noch nicht gesprochen.«

Bienzle nickte. »Und du hast g'sagt, von dir nicht. Von ihr aber schon. Stimmt das denn nimmer?«

»Ich weiß nicht. Wir wollen uns ganz bald mal treffen und noch mal drüber reden.« Gächter sah zu Bienzle hinüber. »Ich hab echt gedacht, da hast du deine Finger mit im Spiel gehabt!«

»Ich? Wie käm ich denn dazu?«

Die weiße Stadtvilla in Stuttgarts schönster Halbhöhenlage am Killesberg lag im Schutz einer hohen Mauer.
»Dass man mit dem Gehalt einer einfachen Sekretärin hier eine Wohnung bezahlen kann ...«, sagte Bienzle.
»Muss sie nicht können. Die Wohnung gehört Joseph Janicek. Und wenn sie clever war, gehört sie bald ihr.«
»Woher weißt du das? Auch von der Dame bei der Bank?«
Gächter schmunzelte und drückte auf die Klingel. »Ja, bitte«, ertönte kurz darauf eine weibliche Stimme aus der gut versteckten Gegensprechanlage, die zudem mit einer kaum erkennbaren Videokamera ausgerüstet war.
»Sie sehen uns ja sicher, Frau Mechtel«, sagte Bienzle. »Der neben mir ist mein Kollege Gächter. Wir haben noch ein paar Fragen an Sie.« Ein leises Surren ertönte. Das schmiedeeiserne Gittertor ließ sich aufdrücken.
Der Aufgang zur Haustür führte durch einen gepflegten Steingarten und konnte durchaus als herrschaftlich bezeichnet werden. Die breiten Stufen schimmerten weiß, als ob sie aus Marmor wären. Frau Mechtel erschien in einem seidenen grünen Hausanzug. Wenn Bienzle ein geschulteres Auge gehabt hätte, wäre ihm möglicherweise aufgefallen, dass es das Grün ihrer Augen war.
Milena Mechtel führte die beiden Polizeibeamten in einen großen, hellen Raum, der mit wenigen, aber sehr teuren Möbeln eingerichtet war: einer eleganten Sitzgruppe um einen flachen Tisch, dessen Platte aus Granit bestand, einem quadratischen Esstisch mit vier Freischwingern aus Marcel Breuers Kollektion und einem weißen Bücherregal. Durch ein Fenster, das fast eine ganze Wand ausfüllte, hatte man einen schönen Blick über die Stadt bis hinüber zur Villa

Reitzenstein, in welcher der Ministerpräsident residierte, und zum Fernsehturm.
Die dem Fenster gegenüberliegende Wand wurde dominiert von einem riesigen Wandgemälde von Prag. Bienzle blieb vor dem Bild stehen. »Ein Canaletto, stimmt's?«
»Ich glaube, ja«, sagte Milena Mechtel unsicher.
»Herr Janicek hatte eine enge Beziehung zu Prag, nicht wahr?«
»Seine Geburtsstadt. Wir waren ein paarmal zusammen dort.«
Gächter war ans Fenster getreten und sah auf die Stadt hinab. »Schön haben Sie's!
»Eigentlich wollten Joseph und ich nach der Hochzeit in eine neue Wohnung ziehen. Aber jetzt werde ich wohl hierbleiben.«
»Wollten Sie nicht in seinem Haus in Sillenbuch zusammen wohnen?«, fragte Bienzle.
»Nein. Da hatte ich andere Vorstellungen.«
»Welche denn?«
»Wir wollten einen klaren Strich ziehen, verstehen Sie? Neu anfangen. Voraussetzungslos.«
»Und welchen Platz hätte der Geza da eingenommen?«
Milena biss sich auf die Unterlippe.
Gächter stieß nach: »Wären Sie seine neue Mutter geworden?«
Milena schüttelte den Kopf. »Ich bitte Sie. Er ist ein erwachsener Mann.«
»Und was heißt das für Sie?«, fragte Bienzle.
»Ich hätte ihm ein schönes Heim ausgesucht. Betreutes Wohnen. Er hätte sich zu einer eigenständigen Persönlichkeit entwickeln können. Wenn auch mit einigen Ein-

schränkungen natürlich. So hing er doch immer nur an seinem Vater dran.«
»Und wie hat der Herr Janicek das gesehen?«
»Er wollte es Geza immer sagen.«
»Was?«
»Dass wir zusammen waren.«
»Geza hat es also tatsächlich nicht gewusst.« Bienzle erinnerte sich daran, wie Frau Schierle zu dem jungen Janicek gesagt hatte: »Sie ist doch die Sekretärin vom Marktamt«, und nicht etwa: »Sie ist doch die Freundin deines Vaters gewesen.«
»Haben Sie ihn denn gar nicht gekannt?«, wollte Gächter wissen.
»Ich kenne ihn natürlich aus der Markthalle vom Sehen. Und er mich sicher auch.«
»Aber Geza wusste nicht, dass Sie heiraten wollten?«
Milena Mechtel seufzte. »Joseph hat sich so oft vorgenommen, es ihm zu sagen, aber in solchen Dingen war er nicht besonders mutig. Er hatte Angst davor, wie sein Sohn reagieren würde.«
Bienzle nickte. »Das verstehe ich. Geza ist ein schwieriger Charakter. Er kann leicht jähzornig werden. Vor allem, wenn etwas nicht nach seinen Vorstellungen geht. Ich glaube, sein Vater konnte einfach nicht einschätzen, wie der Junge auf so eine Nachricht reagieren würde.«
»Aber anders wäre es nicht gegangen.«
»Ja«, sagte Bienzle. »Ja, natürlich. – In der vergangenen Nacht ist übrigens in Joseph Janiceks Haus eingebrochen worden.«
Milena Mechtel nahm die Nachricht ohne erkennbare Emotion auf.

»Nach Meinung unserer Spurensicherung haben die Einbrecher gezielt nach etwas ganz Bestimmtem gesucht«, ergänzte Gächter. »Haben Sie eine Ahnung, was das gewesen sein könnte?«
»Nein.«
»Wissen Sie, welche Geschäfte Herr Janicek gemacht hat?«
»Was ist denn das für eine Frage? Sie wissen doch …« Milenas Augenlider flatterten kurz, fast unmerklich, aber Bienzle war es nicht entgangen.
»Wir wissen«, unterbrach sie Bienzle, »dass man sich als Händler in der Stuttgarter Markthalle, selbst wenn man sehr erfolgreich ist, nicht ein Vermögen erarbeiten kann, wie das Ihr Freund Joseph geschafft hat.«
»Sie fragen mich nach Dingen, die ich unmöglich wissen kann.«
Die beiden Kommissare schauten sie nur an. Milena wurde unsicher. »Reden *Sie* mit Ihren Frauen über alles, was Sie im Beruf so treiben?«
»Ich habe keine Frau«, sagte Gächter.
»Und ich rede mit der meinen durchaus über meine Arbeit«, fügte Bienzle hinzu. »Obwohl wir uns da nur selten einig sind. Also: Joseph Janicek muss außer an seinem Marktstand noch andere Geschäfte gemacht haben. Immerhin hinterlässt er ein Millionenvermögen. Und das verdient man ja wohl kaum mit Kartoffeln, Kohl und Prager Schinken. Ich frage mich: Warum hat er als steinreicher Mann den Stand überhaupt noch weitergeführt?«
»Er wollte ihn gegen Ende des Jahres aufgeben. Das hatte er mir fest versprochen.«
»Und dann hätten Sie Ihren Job auch aufgegeben?«
»Ja, natürlich.«

Alle drei standen noch immer. Milena hatte es nicht für nötig befunden, den Kriminalbeamten einen Platz anzubieten. Bienzle trat dicht an die Panoramascheibe heran. Er selbst wohnte ja nicht schlecht, aber das hier war schon noch mal was anderes. Über die Schulter sagte er: »Sagen Sie: Herr Katzbach und Sie ...?«
»Ja?«, schnappte Milena Mechtel.
»Könnte Ihr Chef etwas mit Janiceks Tod zu tun haben?«
Gächter sah befremdet zu seinem Kollegen hinüber. Was sollte diese Wendung bedeuten?
»Norbert? Wie kommen Sie denn darauf?«
»Eifersucht ist ein starkes Motiv!«
Milena Mechtel setzte sich auf den vorderen Rand der Couch, die Beine dicht nebeneinandergestellt, und drückte den Rücken durch. »Hat *er* Ihnen gesagt, dass wir mal zusammen waren?«
Bienzle wandte sich zu Frau Mechtel um. Er machte eine halbherzig bestätigende Geste, als ob er sagen wollte: »So ist es.« Gächter grinste. Dieser alte Fuchs!
»Haben Sie sich wegen Joseph Janicek von ihm getrennt?«, bohrte Bienzle weiter.
Frau Mechtel nickte bestätigend.
»Wann haben Sie denn Ihre Beziehung zu Katzbach beendet?« Bienzle setzte sich unaufgefordert in einen der Sessel und streckte die Beine weit von sich. Das konnte ja noch dauern, und langes Stehen tat seinem Rücken nicht gut. Gächter lehnte mit überkreuzten Armen an der Wand neben dem Gemälde, das die Stadt Prag zeigte.
»Vor anderthalb Jahren«, antwortete Frau Mechtel.
»Aber Sie haben weiter zusammengearbeitet?«, ließ sich nun Gächter hören.

»Ja, warum nicht. Die Verhältnisse waren geklärt.«
Bienzle wechselte das Thema: »Herr Katzbach sagt, Siegfried Körner werde jetzt den Stand des Herrn Janicek übernehmen.«
»Siggi? Niemals! Das hätte Joseph verhindert! Er hat es ihm nicht zugetraut.«
»Das würde man nicht denken, wenn man ihn so schaffe sieht«, wendete Bienzle ein.
Milena schüttelte resolut den Kopf. »Der Siggi ist ein guter Handlanger. Er macht, was man ihm sagt. Aber selbständig einen Stand führen – ausgeschlossen.«
»Sie haben keine gute Meinung von Herrn Körner.«
»Ach, eigentlich ist er mir egal. Aber wenn ich ehrlich sein soll, halte ich ihn für hinterlistig und verschlagen.«

»Hinterlistig und verschlagen«, sagte Gächter, als sie in ihren Dienstwagen stiegen, »das ist sie ja wohl selber.« Er sah noch mal zu der teuren Stadtvilla hinauf, deren Erdgeschoss die schöne Marktamtssekretärin bewohnte. Sie stand hoch über dem steil ansteigenden Steingarten hinter der Panoramascheibe. Ihr rotes Haar leuchtete.
Als der Wagen mit den beiden Polizeibeamten die Straße hinabfuhr, drehte sich Milena Mechtel entschlossen um, holte einen leichten Mantel und eine Baskenmütze aus der Garderobe und verließ eilig ihre Wohnung.
Gächter steuerte den Dienstwagen den Herdweg hinab in die Innenstadt zurück.
»Ich weiß nicht«, sagte Bienzle. »Die Frau denkt eben an sich. Was ist daran schlimm?«
»Das sagst ausgerechnet du?«
»Ja, warum denn nicht?«

»Weil du doch der erste Anwalt dieses Kind gebliebenen jungen Mannes bist.«
»Ja, schon. Aber deshalb muss ich ja nicht gegen sie sein.«
»Nein?«
»Nein!«
»Gefällt sie dir?«, fragte Gächter.
»Was ist denn das für eine Frage?«
»Ich überlege mir nur, warum du sie so ganz anders siehst als ich.«
»Da ist doch nicht sie dran schuld, sondern wir. Unterschiedlicher als wir beide können doch zwei Männer kaum sein. Und deshalb sehen wir die Dinge oft so konträr. Ich glaube übrigens, dass wir deshalb gemeinsam so erfolgreich sind.«
Gächter stieg unwillkürlich auf die Bremse. »Meinst du das im Ernst?«
»Aber ja. Natürlich!«
»Soll ich dir mal was sagen: Das tut mir richtig gut!«
»Warum *das* denn?« Bienzle sah überrascht zu Gächter hinüber.
»Weil ich immer das Gefühl habe, dass du mich nicht wirklich akzeptierst.« Gächter schaltete einen Gang herunter und beschleunigte wieder.
Bienzle schüttelte den Kopf. »Das hat aber dann nur mit dir zu tun. Nicht mit mir!«
Danach schwiegen sie eine ganze Zeit. Am Lindenmuseum bog Gächter in die Kriegsbergstraße ein. »Ich glaube einfach, dass die Mechtel eine Menge weiß, was sie uns nicht sagt.«
»Du meinst, über Janiceks Geschäfte.«

Gächter nickte. »Man müsste mal die Kollegen in Prag kontaktieren. Vielleicht ist der Mann dort aktenkundig.«
»Das ist eine richtig gute Idee«, sagte Bienzle.
Danach schwiegen sie wieder eine Weile, bis Gächter sagte: »Wie steht's denn nun mit dir und Hannelore?«
»Na ja, nachdem sie weggefahren war und du auch, bin ich noch mal rein in das Reisebüro.«
»Aha?«
»Okay, ich hab ein bisschen was eingesehen.«
»Und?«
»Anfang Juni fahren wir nach St. Petersburg, und wenn ich … also wir den Fall dann noch nicht gelöst haben, musst du das alleine machen.«
»Wenn's weiter nichts ist«, sagte Gächter mit einem breiten Grinsen und bog am Hauptbahnhof in die Heilbronner Straße ein.
Auf dem Weg vom Parkplatz ins Präsidium fragte er dann doch noch: »Und Geza – wie geht es mit dem weiter? Wenn du nicht aufpasst, adoptiert der dich als seinen neuen Vater.«
»Ich fürchte, damit hat er schon angefangen.«
»Pass bloß auf, mein Lieber. Da liegt 'ne Menge Konfliktstoff für eure Beziehung!«
»Du hast ja recht.« Bienzle seufzte. »Warum kann das Leben bloß net einfacher sein?«
»Vielleicht, weil's dann zu langweilig wäre.«
»Jetzt mach du bitte net au no den Küchenpsychologen!«, knurrte Bienzle und stieß die Eingangstür zum Präsidium auf.

Hannelore arbeitete konzentriert an ihrer Staffelei. Das fast fertige Gemälde zeigte eine Landschaft, wie sie für die Schwäbische Alb typisch war: eine weite, geschwungene Hochebene, durchsetzt mit weißen, schartigen Felsen. An einem Hang, der sich rechts zum Rand eines einstigen Vulkankraters hinaufzog, hockten unregelmäßig hingestreut ein paar Wacholderbüsche. Links erstreckte sich eine Streuobstwiese bis zum Rand eines schütteren Mischwaldes, hinter dem sich die Albhochfläche weiter zum Horizont hin ausbreitete.

Immer wieder sah Hannelore in einem ihrer Skizzenblöcke nach, um sich zu vergewissern. Sie hatte dort oben im Randecker Mahr mindestens dreißig einzelne Zeichnungen aufs Papier geworfen, an denen sie sich jetzt orientierte. So sehr war sie in ihre Arbeit vertieft, dass sie Geza ganz vergessen hatte. Erst als er laut zu sich selber sagte: »Ja, so ist es schön«, wurde sie wieder auf ihren Gast aufmerksam.

Er saß auf dem Fußboden und malte mit bunten Farbkreiden auf einen Karton. Überrascht stellte Hannelore fest, dass er versuchte, die gleiche Landschaft zu malen wie sie selbst, nur gröber, aber in derselben Struktur und Farbgebung. Geza war dabei, ihr Bild zu kopieren. »Das machen Sie aber gut«, sagte sie.

Geza schaute zu ihr auf und lachte. »Ja, gell!« Er hatte gerötete Wangen, seine Augen strahlten. Beim Malen war er ganz offensichtlich in seinem Element.

Hannelore wendete sich wieder ihrer Staffelei zu. Eine halbe Stunde später tupfte die Malerin mit Weiß die letzten Lichter in die Wolken und trat zufrieden einen Schritt zurück. »Schluss jetzt«, sagte sie und steckte ihren Pinsel in

ein Glas mit einer Wasser-Terpentin-Lösung. Das Landschaftsbild war fertig.
Geza sah auf. »Und ein Elefant!«
»Wie bitte?«
»Ein Elefant.« Er deutete auf sein eigenes Bild. Hannelore musste unwillkürlich lachen. Geza hatte mit seinen Farbstiften einen mächtigen lila Elefanten auf seine Hochebene gemalt.
»Schön«, sagte die Malerin.
An der Wohnungstür klingelte es. »Das wird der Mann sein, der Sie abholt, Geza.« Hannelore ging rasch hinaus.
Geza kam vom Boden hoch, griff sich Hannelores Farbenpalette und zog den Pinsel aus dem Glas.

Reinhard Weller war ein sportlicher Typ um die dreißig. Er trug eine hellbraune Kordhose, dazu einen blauen Kapuzenpulli. Seine nackten Füße steckten in Sandalen. Sein freundliches Gesicht wurde von gelockten blonden Haaren umrahmt, die bis auf die Schulter hinabreichten. Weller erinnerte Hannelore an Jesusdarstellungen aus der Romantik.
»Sie kommen wegen Geza Janicek, nicht wahr?«
»Ja. Leider hab ich's nicht früher geschafft.« Er sah auf die Bilder, die Hannelore auf den Boden gestellt und an die Wand gelehnt hatte, und zwar genau in der Abfolge, wie sie später in einem großformatigen Wandkalender erscheinen sollten. »Die gefallen mir«, sagte Weller. »Soll das ein Bildband werden?«
»Ein Kalender. ›Schwäbische Landschaften‹. Ich bin ein bisschen im Zeitdruck, weil ich sie Ende des Monats abliefern muss.«

Geza Janicek hörte die Stimmen von draußen und wusste, dass er sich beeilen musste. Konzentriert arbeitete er. Er streckte seine Zunge ein wenig zwischen den fest aufeinandergepressten Lippen heraus. Seine Backen glühten. Hannelore sagte draußen gerade: »Ja, am Anfang malt man meistens großformatig. Man will hoch hinaus, zeigen, was man kann. Und später werden die Formate immer kleiner und bescheidener. Aber natürlich ausgefeilter. Übrigens scheint der junge Herr Janicek auch eine besondere Begabung fürs Malen zu haben.«
Die Tür ging auf. Geza machte hastig seine letzten Pinselstriche.
»O nein!«, schrie Hannelore.
Geza drehte sich um. Sie stand neben einem fremden Mann auf der Schwelle und zeigte mit ausgestrecktem Arm auf das Bild.
Der Mann neben ihr lachte. »Ein lila Elefant mitten auf der Schwäbischen Alb.«
»Schön, gell«, sagte Geza. Er hatte Hannelores fertiges Bild um sein Lieblingstier ergänzt. Hannelore rannte zu ihm hin und riss ihm den Pinsel aus der Hand.
Geza erschrak und wich unwillkürlich ein paar Schritte gegen die Wand zurück.
»Hallo, Geza«, sagte Reinhard Weller.
Hannelore stand noch völlig verdattert vor der Staffelei. Sie wusste nicht, ob sie lachen oder weinen sollte. Schließlich entschied sie sich für die erste Variante. »Eigentlich ist es ja ganz originell.«
»Finde ich auch«, sagte Weller.
»Ist es schön?«, fragte Geza.
»Erste Sahne!«, antwortete der Mann vom Sozialen Dienst.

»Ich glaube fast, den Elefanten lasse ich drin«, sagte Hannelore. »Ich möchte das Gesicht meines Verlegers sehen, wenn ich ihm erkläre, das ist meine neue Phase.«
»Ja, Geza, dann wollen wir mal langsam los«, sagte Weller.
»Nein. Ich will nicht.«
»Aha, und was willst du dann?«
»Ich bleib hier, bis der Bienzle kommt.«
»Mit dem Herrn Bienzle habe ich gesprochen«, sagte Weller in gleichbleibend freundlichem Ton. »Er wird dich bei uns besuchen. Spätestens morgen. Aber vorher müssen wir noch bei dir zu Hause vorbei. Ich hab einen Schlüssel für euer Haus bekommen.«
»Und dort ist der Bienzle?«
»Nein, wie gesagt, der hat erst heut Abend Zeit. Oder erst morgen. Er muss ja arbeiten.«
»Ich auch«, sagte Geza. »Ich muss auch arbeiten. Beim Papa in der Markthalle.«
»Ja, dann gehen wir dort auch noch mal vorbei. Kein Problem.«
Hannelore bewunderte Weller für sein Einfühlungsvermögen und sein Geschick. »Ja, dann wollen wir uns mal verabschieden, Geza.«
»Tschüs«, sagte Geza und ging zur Tür, ohne Hannelore anzusehen. Der Sozialarbeiter machte eine bedauernde Geste und verabschiedete sich mit einer kleinen Verbeugung, die für Hannelore etwas Altmodisches hatte.

Bienzle ging rastlos im Büro auf und ab. Gächter saß hinter seinem Schreibtisch und tippte das Protokoll ihres Gesprächs mit Frau Mechtel in den Computer. Plötzlich wurde er durch ein helles Pling und eine weibliche Stimme

unterbrochen: »Sie haben E-Mail erhalten.« Er stieg aus dem Word-Programm aus und rief seinen E-Mail-Briefkasten auf.
Bienzle fragte: »Woher kommen nur die Millionen von Janicek?«
»Es gibt keinen Hinweis in seinen Büchern. Die sind astrein geführt. Ich habe mit seinem Steuerberater gesprochen. Ein sehr kooperativer Mann. Aber er weiß nichts von Millionen«, sagte Gächter beiläufig, während er sich weiter seinem Computer widmete.
»Und deine gute Bekannte bei der Bank? Irgendwie muss doch das viele Geld auf sein Konto gekommen sein.«
»Bareinzahlungen. Über die letzten sechs Jahre hinweg. Gebunkert auf einem popligen Sparbuch. Keine Wertanlagen, keine Fonds. Niemand hat ihn danach gefragt, wie er zu dem Geld gekommen ist, auch das Finanzamt scheint ihm nicht auf die Schliche gekommen zu sein.«
»Welche illegalen Geschäfte kämen in Frage? Prostitution? Drogenhandel? Hehlerei? Raub? Und was hätte das dann mit dem Mord zu tun?«
»Hier kommt 'ne Mail aus Prag!«
Bienzle kam rasch herüber und beugte sich über Gächters Schulter.
»Schade«, sagte der. »Bei unseren tschechischen Kollegen ist Janicek nicht in den Akten.«
Bienzle wendete sich enttäuscht ab und nahm seine Wanderung durch das Büro wieder auf. »Wir sollten rauskriegen, ob er ein Testament gemacht hat.«
»Mach ich«, sagte Gächter.
»Und dem Katzbach müssen wir noch mal auf den Zahn fühlen.«

Gächter nickte. »Verstehe: Motiv Eifersucht! Mehr als sechzig Prozent der Mordfälle gehen darauf zurück.«
»Traust du dem Katzbach einen Mord zu?«
»Jederzeit«, sagte Gächter. »Ich schreibe das Protokoll fertig, dann fahr ich noch mal zu ihm.«

Milena Mechtel betrat ihr Büro im zweiten Stock der Markthalle, durchschritt es, öffnete die Tür zum Zimmer ihres Chefs, ohne anzuklopfen, und registrierte erleichtert, dass er nicht da war. Sie kehrte in ihren eigenen Raum zurück, öffnete einen Schrank, nahm einen Karton heraus und begann den Inhalt ihrer Schreibtischschubladen hineinzupacken. Als sie Schritte auf dem Korridor hörte, drückte sie rasch den Deckel auf die Pappkiste.
Die Tür wurde schwungvoll aufgerissen. Katzbach kam herein. Überrascht blieb er stehen. »Milena, du bist schon wieder im Büro? Du könntest doch selbstverständlich freimachen bis zum Wochenende.«
»Ja«, sagte die Sekretärin und schob Katzbach ein Schriftstück hin.
»Was ist das?«
»Lies!«
Katzbach nahm das Schreiben in die Hand und überflog es.
»Du kündigst?«
»Ja.«
»Aber warum?«
»Weil ich mir eine neue Arbeit suchen werde.«
»Aber du hast doch hier alle Möglichkeiten.«
»Norbert, bitte!«
»Von mir aus nimm dir eine Auszeit. Mach ein halbes Jahr Pause. Ich kann das alles managen, aber bitte geh nicht!«

Er zerriss die Kündigung, warf sie auf den Tisch und zog Milena in seine Arme. »Es ist der falsche Weg, glaub mir. Du bist momentan verwirrt. Ich kann dir helfen. Ich werde dir helfen.«

Milena wand sich aus seinen Armen und stieß ihn mit beiden Fäusten von sich. »Ich bin nicht verwirrt. Du bist es. Lass mich bitte in Ruhe, Norbert. Ich habe Joseph geliebt. Ich liebe ihn immer noch.«

»Das verstehe ich doch, Milena. Aber Gefühle ändern sich.« Er zog sie erneut an sich. »Du kannst wieder lernen, mich zu lieben. Ich fühle das. Wir gehören zusammen. Ich weiß es. Gib uns doch noch eine Chance, Milena, bitte!« Er drückte sie an sich.

»Lass mich los! Du tust mir weh!« Milena riss sich los, griff nach ihrer Tasche, die auf dem Schreibtisch lag, und wollte aus dem Zimmer rennen. An der Tür prallte sie mit Gächter zusammen.

»Hoppla«, machte der. »So sieht man sich wieder.«

Milena drängte an ihm vorbei und rannte die Treppe hinunter.

»Wollten Sie zu mir? Ich habe leider keine Zeit«, sagte Katzbach zu Gächter und wollte in seinem Büro verschwinden.

»Nur ganz kurz. – Was ist denn mit Frau Mechtel?«, fragte der Kommissar.

»Was soll sein?«

Gächter deutete auf die offenen Schubladen und den Karton. »Sieht irgendwie endgültig aus.«

»Was? Wieso?«

»Als hätte Frau Mechtel nach dem Liebesverhältnis auch das Arbeitsverhältnis mit Ihnen gekündigt?«

»Wie kommen Sie dazu, mir eine derart unverschämte Frage zu stellen?«
»Es gibt einen Toten, da sind unverschämte Fragen erlaubt.«
»Aber keine infamen Unterstellungen!«
»Dass Sie ein Liebesverhältnis mit Frau Mechtel hatten, wissen wir von ihr selber.«
»Meine Beziehung zu Frau Mechtel ist meine Privatsache.«
»Nicht in einem Mordfall. Wie's aussieht, sind Sie ja immer noch an ihr interessiert.«
Katzbach machte Anstalten, in seinem Büro zu verschwinden und die Tür zu schließen.
»Und dann haben Sie auch noch den ganzen Tag den neuen Mann Ihrer Exfreundin direkt vor Ihrer Nase gehabt.«
Gächter trat ans Fenster und sah auf das Treiben in der Markthalle hinab. Der Marktamtsleiter schwieg. »Keine Antwort ist auch eine Antwort«, sagte Gächter.
Katzbach kam einen Schritt in Milenas Büro zurück. »Ich warne Sie, falsche Schlüsse zu ziehen.«
»Okay, ich seh mich vor. – Was ist mit dem Karton? Wollte Frau Mechtel ihn nicht mitnehmen?«
»Das hat sich erledigt!«
»Schönen Tag noch, Herr Katzbach.« Die Tür schloss sich hinter dem Kommissar. Katzbach griff nach Milenas zerfetztem Kündigungsschreiben, zerknüllte es und warf es wütend in den Papierkorb.

Gächter stieg die Treppe hinab. Als er in die Markthalle kam, sah er Milena Mechtel, die sich gerade einen Platz im Galerierestaurant suchte. Ein Kellner umdienerte sie. Die beiden schienen sich zu kennen, jedenfalls wirkten sie eini-

germaßen vertraut im Umgang miteinander. Milena warf den Kopf zurück, dass ihre roten Locken weit über den Rücken hinabfielen, und lachte. Dabei legte sie die Hand auf den Arm des Obers.
Gächter stieg die Treppe zu der Gaststätte hinauf. Er sah, wie der Kellner Milena Mechtel den hellen Mantel und die Baskenmütze abnahm. Gleichzeitig zeigte er auf einen Tisch ganz hinten am Fenster. Dort saß ein zierlicher alter Mann mit dem Rücken zum Raum. Milena ging hinüber und beugte sich zu ihm hinab. Eilfertig stand der Herr auf, obwohl Frau Mechtel ihm die Hand auf die Schulter gelegt und ihn offenbar aufgefordert hatte, sitzen zu bleiben. Jetzt erkannte Gächter den Mann. Es war der Juwelier und Goldschmied Santini. Die beiden setzten sich.
Einen Augenblick überlegte Gächter, was er tun sollte. Schließlich entschied er sich dafür, den nicht besonders diensteifrigen Polizisten zu spielen, der auf einen Espresso hier einkehrte, obwohl doch, weiß Gott, genug zu tun war. Er schlenderte durch das Restaurant, ließ sich an einem Tischchen nur wenige Meter von Santini und Frau Mechtel entfernt nieder und bestellte einen Cappuccino und ein Stück Kuchen.
Die Distanz war zu groß, um zu hören, was die beiden sprachen. Aber als Santini das kleine blaue Schmuckdöschen, das Gächter bereits kannte, aus der Jackentasche zog, mit einer feierlichen Geste auf den Tisch stellte und den Deckel aufspringen ließ, schloss der Kommissar daraus, dass die beiden sich nicht zufällig hier getroffen hatten.
Milena schlug so begeistert die Hände zusammen, dass einige Gäste in der Nähe aufmerksam wurden. Entschuldigend schaute sie sich um und entdeckte dabei plötzlich

auch Gächter, der freilich so tat, als bemerke er sie gar nicht. Aber aus den Augenwinkeln registrierte er, wie Milena nun auf Santini einredete und dabei ein paarmal versteckt zu ihm herüberwies.

Jetzt änderte Gächter sein Spiel. Er gab sich überrascht, stand auf, ging zu den beiden hinüber und sagte: »Herr Santini, schön, Sie zu sehen!« Auf dem Tisch stand noch immer das Schächtelchen mit den beiden Ringen. »Konnten Sie die Gravur inzwischen anbringen?«

»Wie? Ach so … äh«, stotterte der Goldschmied. »Wir … äh, wir wollten gerade drüber sprechen, nicht wahr, gnädige Frau?«

Milena funkelte Gächter an. »Schnüffeln Sie mir etwa nach?«

»Hätte ich denn Grund dazu?«

Der Kellner trat an den Tisch: »Belästigt Sie der Mann, Frau Mechtel?«

»Ja«, sagte sie, »aber ich fürchte, dass man es ihm nicht verbieten kann.«

»Ihr Schutzengel?«, fragte Gächter amüsiert und wies auf den Kellner.

»Herr Santini wird die Ringe umarbeiten«, sagte Milena Mechtel. »Genügt Ihnen das?«

»Erst mal, ja.« Gächter zog sich an seinen Tisch zurück. Für ihn stand fest, dass sich die beiden nicht erst seit heute kannten. Er trank seinen Kaffee aus, ließ das halbe Stück Kuchen liegen und verließ die Markthalle.

»Am besten sollten wir beide beschatten lassen«, sagte Bienzle eine halbe Stunde später. »Aber wer bewilligt uns bei so einer dünnen Beweislage die nötigen Kollegen für eine Observation?«

»Niemand natürlich.«
Bienzle stand auf. »Machen wir Feierabend für heute.«

Reinhard Weller war mit Geza zunächst nach Sillenbuch gefahren, um gemeinsam mit seinem neuen Klienten einen Koffer zu packen. Geza schien Spaß daran zu haben. Er bestand auch nicht mehr darauf, in der Markthalle vorbeizufahren. Wahrscheinlich hatte er diesen Wunsch schon längst wieder vergessen.

Das Heim für alleinlebende Jugendliche lag in der Werastraße. Das Jugendstilgebäude war in einen steilen Berghang hineingebaut worden. Zur Straße führte eine geschwungene Treppe hinunter. Durchquerte man das Gebäude im Erdgeschoss, kam man an der Rückseite des Hauses auf eine Terrasse, die wie eine steile Bucht in den Fels geschlagen worden war – eine Art Schacht, der sich erst drei bis vier Meter weiter oben dem Licht öffnete. Hier standen die verschiedensten Gartenmöbel herum. An der linken Seite befand sich eine Tischtennisplatte, rechts ein Tischfußballspiel.

Weller zeigte Geza zuerst sein Zimmer, das im zweiten Stock nach hinten hinaus lag. Hier trat die Steilwand etwas zurück, so dass genügend Licht durchs Fenster fiel. Geza schaute in die Tiefe. Leicht nach rechts versetzt, konnte man die Terrasse erkennen, wo ein paar Jungs mit lautem Geschrei Tischfußball spielten. Links zog sich ein verwilderter Grashang bis zur Haussmannstraße hinauf.

»Du kannst in Ruhe deine Sachen einräumen«, sagte Reinhard Weller. »Um sieben Uhr gibt es Abendessen. Ich hol dich dann und stell dich den anderen vor.«

»Ist gut.«

Weller verließ den Raum, und Geza setzte sich erst einmal auf sein Bett. Er war wie gelähmt. Er hatte keine Angst, aber in ihm war alles so leer. Er hatte auch schon vergessen, was er eigentlich tun sollte. Geza ließ sich mit dem Rücken auf das Bett zurückfallen. Im gleichen Augenblick meldete sich sein Handy. Er klopfte alle Taschen ab und fand es schließlich in einer Schenkeltasche rechts in seiner Hose.

»Geza hier. Papa?« Ein Leuchten ging über sein Gesicht. »Wo? Ja klar, weiß ich doch.Vorsichtig, ja! Ja, ja, ich pass auf. Mich sieht schon niemand … Papa?« Aber da hatte der Anrufer am anderen Ende schon aufgelegt.

Geza schaltete das Handy aus und verwahrte es wieder in der Hosentasche. Er ging zum Fenster, öffnete beide Flügel. Vom Fensterbrett konnte man auf die steile Grasfläche hinüberspringen, die sich bis zur Haussmannstraße hinaufzog. Ein bisschen Mut musste man natürlich haben. Geza stieg auf das Fensterbrett, ging tief in die Hocke, machte einen Satz und landete auf dem Steilhang. Er fand nicht gleich Halt, denn das Gras war nass und glitschig. Der Junge rutschte rückwärts auf den steilen Abbruch zu. Unter sich hörte er die Jungs, die Tischfußball spielten. Geza stemmte seine Schuhspitzen in den weichen Untergrund, seine Hände bekamen ein Grasbüschel zu fassen. Er blieb eine Weile so liegen, bis sich sein Atem beruhigt hatte. Schließlich krabbelte er auf allen vieren hinauf, kletterte über den Zaun und lief Richtung Innenstadt.

Bienzle war gegen 19 Uhr nach Hause gekommen. Er fand Hannelore in ihrem Atelier. Sie erklärte, dass sie wahrscheinlich die halbe Nacht durcharbeiten werde.

Der Kommissar entdeckte den lila Elefanten im Randecker Mahr. »War das der Geza?«
Hannelore lachte. »Ja. Und schau mal, das Bild hat er auch gemalt.«
Bienzle registrierte überrascht, wie begabt der junge Janicek offenbar war. »Nicht schlecht. Aber was machst du jetzt mit dem Bild, das er dir verschandelt hat?«
»Entweder überzeuge ich den Verleger davon, dass es auf der Schwäbischen Alb lila Elefanten gibt, oder ich übermale die Stelle. Kostet mich ein, zwei Stunden.«
»Das tut mir echt leid. Hat er sich sonst wenigstens anständig benommen?«
»Ja, solange er malen darf, ist er der friedlichste Mensch.«
Bienzle zog sich ins Badezimmer zurück und ließ heißes Wasser in die Wanne laufen. Seine Rückenschmerzen hatten ihn schon den ganzen Tag geplagt. Er hatte seinen schweren Körper gerade mit einem wohligen »Aah« in die Wanne gleiten lassen, als Hannelore mit zwei Gläsern Wein erschien. »Ich mache 'ne kurze Pause.« Sie reichte Bienzle eines der Gläser und setzte sich auf einen Hocker neben der Tür. »Hat es dich große Überwindung gekostet, die Reise nach St. Petersburg zu buchen?«
»Nein, überhaupt nicht. Ich freue mich doch darauf.«
»Du hast auch schon mal besser geschwindelt«, sagte Hannelore, und in ihren Augenwinkeln traten die Lachfältchen hervor, die Bienzle so an ihr liebte.
»Na ja«, machte Bienzle. »Mein Vater hat immer gesagt: ›Ich verreise gern, aber abends will ich wieder in meinem Bett sein.‹ Und von meiner Tante Anna stammt der Spruch: ›Was soll ich verreise? Überall auf dr Welt ischt Himmel und Erde.‹«

»Schönes Erbe, das du da mit dir herumträgst.«
Bienzle lächelte. »Aber jedes Mal, wenn wir beide eine Reise gemacht haben, war ich am Ende glücklich darüber.«
Hannelore nahm einen Schluck. »Na endlich gibst du auch mal etwas Positives von dir.«
»Wie meinscht jetzt des?«
»In letzter Zeit redest du immer öfter so defätistisch daher.«
»Ich?«
»Dass du vorzeitig in Pension gehen willst, zum Beispiel.«
»Ich bin halt jetzt in dem Alter …«
»Unsinn«, unterbrach ihn Hannelore. »Das biologische und das mentale Alter sind zwei Paar Stiefel. Schau dir Tina Turner an. Die begeistert mit achtundsechzig noch immer die Massen.«
»Also des wär mir jetzt net in den Sinn gekomme, mich ausgerechnet mit Tina Turner zu vergleiche. Und die Massen begeistern will ich scho glei gar net!«
»Gestern war ich auf der Sparkasse …«, fuhr Hannelore unbeirrt fort.
»Was hat des jetzt mit meinem Alter zu tun?«
»Wart doch mal! Ich wurde von einer etwa dreißigjährigen Frau beraten. Die war mental um einiges älter als ich, das kannst du mir glauben.«
Bienzle lächelte. »Ja, das glaub ich dir aufs Wort.« Er nahm einen tiefen Schluck und ließ sich noch etwas tiefer ins warme Wasser gleiten.

Geza lief die Urbanstraße hinunter und überquerte bei der Landesbibliothek die B 14 über die Bogenbrücke. Als er den Schlossgarten erreichte, begann es zu regnen. Der

junge Janicek zog seine Jeansjacke enger um die Schultern. An der Planie musste er lange auf Grün warten. Der Karlsplatz war fast menschenleer. Geza überquerte ihn schnell und verschwand in der Münzstraße.
In der Markthalle brannte kein Licht mehr. Geza umrundete den mächtigen Bau, der wie eine riesige Schildkröte in Stuttgarts Stadtmitte lag. Von der Sporerstraße aus würde er hineinkommen. Das Restaurant und die Tapas-Bar, die an dieser Seite der Halle lagen, hatten noch geöffnet. Allerdings waren um diese Zeit die Durchgänge von den Lokalen zur eigentlichen Markthalle verschlossen. Geza wusste dennoch einen Weg. Er schlich sich in den Hof der Gastwirtschaft, zog einen Gitterrost aus seinem Rahmen, hob ihn hoch, lehnte ihn gegen die schartige, grau verputzte Wand und sprang in die Tiefe. Dann tauchten seine Hände wieder auf, griffen nach dem Rost und setzten ihn wieder ein.
Ein wenig Licht fiel durch das Gitter über ihm, aber als er sich ein paar Schritte weiter wegbewegt hatte, umfing Geza völlige Dunkelheit. Doch die konnte ihn nicht aufhalten. Er kannte hier jeden Quadratzentimeter, und er verfügte über einen besseren Orientierungssinn als die meisten anderen Menschen.

Bienzle war in der Wanne eingeschlafen. Jetzt wachte er auf, weil ihm kalt wurde. Er schaute auf die Uhr, die über dem Spiegel hing. Hannelore hatte schon vor einer Viertelstunde das Badezimmer wieder verlassen. Bienzle schob seinen Körper hoch und drehte den Hahn auf, um heißes Wasser nachlaufen zu lassen. Sein Blick fiel auf seine Hände. Die Haut an den Fingern war zusammengeschrumpelt.

»Waschfrauenhände«, hatte seine Mutter das früher genannt.
In der Diele schrillte das Telefon. Bienzle drehte das Wasser ab. Er hörte Hannelores Schritte. »Wenn es was Dienstliches ist, sage ich, du bist nicht da!«, rief sie durch die Tür.
Doch Bienzle war plötzlich unruhig geworden. Mit einiger Mühe stemmte er sich aus der Wanne heraus, warf einen Bademantel über, öffnete die Tür zum Korridor und hörte Hannelore sagen: »Aber das darf doch nicht passieren! Hat denn keiner auf ihn aufgepasst? Ja, dann müssen Sie ihn eben suchen. Dazu werden Sie den Bienzle ja wohl nicht brauchen.«
Der stand jetzt hinter ihr. Seine nackten Füße hinterließen kleine Pfützen auf dem Parkettboden. »Was ist denn passiert?«
»Geza ist aus dem Heim abgehauen!«
Bienzle nahm ihr den Hörer sanft aus der Hand und fragte: »Wer ist denn dran?«
»Ich bin's«, hörte er Gächters Stimme.
»Hab ich nicht von dir g'lernt, dass man jedes Handy orten kann?«
»Richtig, wir haben den Auftrag auch schon erteilt. Dauert aber ein bisschen. Nützt jedoch nichts, wenn er in einem Funkloch sitzt oder sein Handy in den Neckar geworfen hat.«
»Das würde der nie machen. Auf der Eins hat er seinen Papa eingespeichert und auf der Zwei mich.«
»Hä?«, machte Gächter.
»Ist eine Suchmeldung nach Geza Janicek raus?«
»Na klar!«
»Gut! Halt mich bitte auf dem Laufenden!«

Bienzle legte auf. »Die Pfützen wisch ich gleich weg«, sagte er zu Hannelore. Aber die hatte gar nicht richtig zugehört.
»Wo kann er denn hin so spät am Abend?«
Bienzle zuckte die Achseln. »Die Markthalle hat zu. Vielleicht ist er zu Albrecht Sailer, mit dem versteht er sich gut.«
»Und wer ist das?«
»Der Wirt vom ›Goldenen Anker‹. Warte mal, ich ruf den gleich mal an.« Bienzle ließ sich die Auskunft geben und bat die Frau am anderen Ende der Leitung, ihn auch gleich zu verbinden. Herr Sailer sei nicht da, beschied ihn eine Kellnerin. Sie wisse nicht, wo er hingegangen sei. Wenn sie darauf auch noch achten müsste, hätte sie viel zu tun. Sie wisse eh schon nicht mehr, wo ihr der Kopf stehe. Bienzle ließ sie geduldig ausreden und bedankte sich dann.
»Ist das nicht komisch?«, sagte Hannelore.
»Was denn?«
»Jetzt mache ich mir auch schon Sorgen um den Kerl.«
»Na ja, wenn einer so schöne Elefanten malen kann …«
Bienzle tappte in die Küche und holte einen Scheuerlappen, um das Parkett trockenzuwischen.

»Vierzig Schritte geradeaus, zweiundzwanzig Schritte nach links. Licht anmachen.« Geza gab sich leise seine Befehle. Seine Hand fand den Schalter sofort. Die Neonlampen flammten auf. Jetzt noch mal zweiunddreißig Schritte geradeaus, dann rechts. Leise sprach er einen Vers vor sich hin, den ihm sein Vater beigebracht hatte: »Klotz, Klotz, Klotz am Bein, Klavier vorm Bauch, wie lang ist die Chaussee? Links 'ne Pappel, rechts 'ne Pappel …« Er unterbrach

sich und hörte nun eine Männerstimme: »Mittendrin ein Pferdeappel.«
»Papa?« Geza begann zu rennen. Es waren nur noch ein paar Meter bis zu dem Keller, der zum Janicek-Stand gehörte. Die Tür stand einen Spalt offen. Aber innen brannte kein Licht. Geza stieß die Tür auf. »Papa?« Jetzt klang es zweifelnd.
Der Mann stand mit dem Rücken zur Tür. Langsam drehte er sich um. Er trug eine Clownsmaske. »Hallo, Geza«, sagte er mit einer viel tieferen Stimme, als Joseph Janicek sie gehabt hatte. Die Hände des Mannes schnellten nach vorn, griffen nach der Jeansjacke des Jungen und zogen ihn mit großer Kraft an sich. Dicht an Gezas Ohr zischelte er: »Pschscht. Es passiert dir nix, wenn du brav bist.«
Geza zappelte. Er wollte sich befreien. Aber sein Gegenüber war bärenstark. »Ich will nur mit dir reden, also beruhig dich!«

Bienzle war noch immer im Bademantel. Er saß im Wohnzimmer und studierte die Reiseprospekte, als das Telefon erneut klingelte. Gächter war wieder dran. »Das Handy ist geortet. Offenbar ist dein Schützling in der Markthalle.«
»Er ist nicht mein Schützling. Und wie soll er denn um diese Zeit in die Markthalle kommen?«
»Vielleicht hat er einen Schlüssel. Aber du weißt ja, was der Katzbach gesagt hat: Wenn sich einer auskennt, kann er jederzeit rein oder raus. Nur, was will er da?«
»Ich nehme mir ein Taxi. Wir treffen uns am Eingang Dorotheenstraße.« Bienzle legte auf.
Gächter hatte den Wachmann Leo Wissmann erreicht. Er

war ohnehin auf seiner Tour rund um Karlsplatz, Schillerplatz und Rathausplatz. Die Markthalle wäre erst wieder in einer Stunde dran gewesen, aber er beeilte sich, in die Dorotheenstraße zu kommen. As Bienzle aus dem Taxi stieg, öffnete Wissmann gerade die westliche der beiden Türen. Zwei uniformierte Beamte und Gächter standen bei ihm. Alle fünf betraten die Markthalle, ohne zu reden.
Ihr erster Weg führte sie zum Stand Janiceks. Der war wie alle anderen abgedeckt. Weit und breit kein Mensch. »Das Telefon wurde eindeutig hier geortet«, sagte Gächter.
»Dann kann er ja bloß noch im Keller sein.« Bienzle eilte den Gang hinunter. Überrascht stellte er fest, dass er wieder richtig schnell laufen konnte. Das erste Mal seit Wochen tat ihm sein Rücken nicht weh.
Im Untergeschoss war es stockdunkel. »Wo ist denn Janiceks Keller?«, fragte Bienzle.
Wissmann zeigte nach rechts. »Ich geh voraus.« Er leuchtete mit seiner starken Stabtaschenlampe den Gang aus, bog um eine Ecke und blieb abrupt stehen.
Bienzle lief auf ihn auf. »Was ist denn?«
»Da, die Tür steht offen.«
»Ja, dann los, Mann!« Bienzle drängte sich an Wissmann vorbei und war als Erster bei der Lattentür. Sie schwang auf, und Wissmanns Lampe erfasste Geza Janicek. Er lag gefesselt und geknebelt auf dem Boden und starrte mit angstverzerrtem Gesicht in den Lichtkegel der Lampe. Inzwischen hatte einer der Polizisten endlich den Schalter fürs Deckenlicht gefunden. Nach mehrmaligem Zucken sprangen die Neonleuchten an. Bienzle ging vor Geza in die Hocke. Er nahm ihm den Knebel aus dem Mund. »Wie kommst du denn hierher?« Bienzle wollte es eigentlich gar

nicht wissen, aber er musste etwas sagen, um gegen die panische Angst des Jungen anzugehen.
Geza zitterte am ganzen Körper. Seine Haare klebten schweißnass am Kopf. Er wollte etwas sagen, aber es kam nur ein unverständliches Brabbeln aus seinem Mund.
Bienzle hörte, wie Gächter zu den beiden Beamten sagte: »Kollegen, kommt ihr bitte raus? Wir dürfen keine Spuren verwischen.« Gleichzeitig hatte er auf seinem Handy eine Nummer gewählt. »Wir brauchen die Spurensicherung. Markthalle, Eingang Dorotheenstraße, der westliche Eingang zum Schillerplatz zu. Gut. Beeilt euch bitte.« Er schaltete aus und wählte sofort neu. Zu Bienzle sagte er: »Und jetzt lass ich noch den Kocher kommen. Der Junge braucht bestimmt einen Arzt.«
Bienzle hatte inzwischen die Fesseln an Gezas Handgelenken gelöst. Der Junge warf seine Arme um ihn und klammerte sich an ihm fest. Hemmungslos begann er zu weinen. Bienzle sagte mit ruhiger Stimme: »So isches recht, Bub, wein du nur. Das hilft.« Dann fügte er leise hinzu: »Heile, heile Segen, drei Tag Regen …« und fuhr mit der flachen Hand über Gezas schweißnassen Hinterkopf.
»Der Papa war gar nicht da!«, sagte Geza plötzlich, und jedes Wort war gut zu verstehen.
»Dein Papa? Hätte er denn da sein sollen?«
»Nur der Clown. Aber er hat mich angerufen.«
»Wer?«
»Der Papa!«
»Bist du sicher? War es seine Stimme?«
Geza löste sich von Bienzle, legte den Kopf schief, hielt seine Hand ans Ohr und wiegte dann den Kopf hin und her. »Weiß nicht mehr.«

»Vielleicht hat dich der Clown angerufen?«
»Ja, vielleicht. Vielleicht auch nicht.«
Bienzle führte Geza in eine Ecke des Kellers. Dort lagen ein paar Schaumstoffstücke. »Komm, wir setzen uns da hin. Lehn dich hier an, ruh dich aus. Hast du dein Handy noch?«
Geza schüttelte stumm den Kopf. Bienzle sah zu Wissmann, den beiden Kollegen und Gächter hin. »Habt ihr sein Handy gefunden?«
»Bis jetzt nicht«, sagte einer der Schutzpolizisten. »Wahrscheinlich hat es der mitgenommen, der den Jungen überfallen hat.«
Bienzle nickte und sah Geza in die Augen. »Geza, bist du sicher, dass du's nicht doch hast?«
Geza schüttelte den Kopf und deutete gegen die Wand. Alle sahen in die Richtung. Der junge Janicek deutete auf den Holzverschlag des Nachbarkellers. »Was ist da?«, fragte Bienzle. Geza rutschte seitlich an der Wand entlang und versuchte, mit der Hand unter den Latten hindurch zum Nachbarkeller durchzukommen.
Gächter verstand. »Moment mal! Kann ich mal die Taschenlampe haben?« Wissmann reichte sie ihm. Gächter ging ebenfalls auf die Knie und leuchtete flach über den Boden unter den Latten hindurch, die etwa fünf Zentimeter über dem Boden endeten. »Tatsächlich«, rief er, »da liegt ein Handy.«
Bienzle tätschelte Gezas Wange. »Du hast es schnell wegg'worfe, dass er's dir net wegnehme kann?«
Geza nickte.
»Das hast du sehr gut gemacht, Geza.«
Die ganze Zeit hielt Geza seine rechte Hand krampfhaft zur

Faust geschlossen. Aber das war niemandem aufgefallen. Der Junge wirkte ja sowieso völlig verkrampft.
Kocher erschien und kurz nach ihm die Besatzung eines Notarztwagens. »Wir gehen am besten rauf«, sagte der Gerichtsmediziner. »In dem Wagen haben wir alles, was wir brauchen.« Auf der Treppe begegneten sie einem Trupp der Spurensicherung, angeführt von Schober.
Vor der Markthalle stand ein erleuchteter Krankenwagen. Geza ließ sich ohne Widerstand hineinbegleiten, und als er sich hinlegte, stieß er einen Seufzer aus. Kocher hatte sich ans Fußende der Behandlungsliege gesetzt und sah zu, wie der Notarzt dem Jungen in die Augen leuchtete, seinen Puls und schließlich den Blutdruck maß.

Draußen lief Bienzle auf und ab und telefonierte. »Da haben Sie ja wunderbar auf ihn aufgepasst, Herr Weller. Ja, was nützt mir des, wenn Sie die 112 anrufen. Sie haben doch meine Nummer. Ach was, das sind Ausreden! Ich hab mich wirklich auf Sie verlassen! Nein danke, er bleibt jetzt erst amal bei mir.«
Kocher schlug die Beine übereinander. Er ärgerte sich über Bienzle. Der glaubte doch tatsächlich, er könne ihn herzitieren, wann und warum immer er wollte. Als Gerichtsmediziner war er dem leitenden Hauptkommissar nicht weisungsgebunden. Eher war das Gegenteil der Fall. Wozu hatte man denn studiert und sich einen Namen in der Fachwelt gemacht. Kocher nahm sich vor, Bienzle bei der nächsten sich bietenden Gelegenheit gründlich die Meinung zu sagen.
Draußen kam Gächter mit Gezas Mobiltelefon in der Hand zu Bienzle. »Leider Fehlanzeige. Der letzte Anruf war vor

genau zwei Stunden. Die Nummer gehört zu einem öffentlichen Fernsprecher im Hauptbahnhof.«
Vom Streifenwagen, der gegenüber der Markthalle direkt an der Mauer des Alten Schlosses abgestellt war, rief ein junger Polizist herüber. »Herr Bienzle, der Schober hat durchgerufen. Er ist unten im Keller und möchte Ihnen etwas zeigen.«
Bienzle und Gächter machten sich auf den Weg.
Kocher wendete seine Aufmerksamkeit wieder dem Patienten zu. Geza hatte Verletzungen an der Stirn und am Hinterkopf. Die Wunden waren inzwischen versorgt worden. Der junge Mann lag jetzt ruhig auf dem Rücken, wirkte aber noch angespannt.
Kochers Blick fiel auf Gezas noch immer krampfhaft geschlossene Faust. »Du kannst dich doch jetzt entspannen«, sagte der Mediziner. Geza verstand ihn nicht. Kocher tippte mit dem Zeigefinger auf die Faust. »Du kannst deine Hand ruhig aufmachen.«
Geza fuhr hoch, schüttelte heftig den Kopf und umfasste seine rechte Faust mit der linken Hand.
»Ja, dann eben nicht«, sagte Kocher gemütlich und stieg aus, um versteckt eine Zigarette zu rauchen.
Der Notarzt fragte Geza: »Kann ich Ihnen eine Spritze geben?«
»Mir egal«, antwortete der junge Janicek und ließ sich wieder auf die gepolsterte Liege zurücksinken.
Bienzle und Gächter betraten Janiceks Keller. Schobers Männer hatten einen alten Holzschrank geöffnet. Ein grelles Arbeitslicht leuchtete das Innere aus. »Hier, gucket amal«, rief der Chef der Spurensicherung. »Des dät mr net denke, dass hinter dem Schrank was versteckt sei könnt.« Er griff

hinein und schob die Rückwand zur Seite. Das Mauerwerk dahinter wurde sichtbar.
Bienzle war nicht sonderlich beeindruckt. »Und?«
»Du meinst, des sei schon alles?«, fragte Schober, leichten Triumph in der Stimme.
Fing der schon wieder damit an, aus allem zuerst ein Geheimnis zu machen, ehe er seinen Kollegen die Gnade erwies, seine Funde oder Erkenntnisse preiszugeben? Bienzle verdrehte die Augen, sagte aber nichts. Schobers Hand zog zwei Mauersteine aus der Wand. Ein eingemauerter Stahlkasten wurde sichtbar. Er war leer.
»Sieht aus wie ein Tresor«, sagte Gächter.
Schober nickte bedeutungsvoll. »Das *ist* ein Tresor!«
»Und?«, fragte Bienzle so beiläufig wie möglich. »Was glaubscht, was da drin war?«
Schober hob eine Pinzette hoch. »Wir haben Partikelproben genommen. Mal sehen, ob was dabei rauskommt.«
»Ja, dann macht mal«, brummte Bienzle und wollte wieder hinaus. Aber Schober hielt ihn auf. »Das da hat einer meiner Männer gefunden.« Er hob eine verschweißte Plastikfolie hoch, in der sich eine Clownsmaske befand.
Bienzle trat nahe heran, fasste das Plastikgefäß vorsichtig am oberen Rand und hob die Maske auf seine Augenhöhe.
»Hat der Kerle also doch net phantasiert. Wo habt ihr die gefunden?«
»Ganz dahinten, in einem der Gänge«, berichtete einer der Spurensicherer.
»Genauer!«
»Soll ich's Ihnen zeigen?«
»Ja, bitte!« Bienzle stapfte hinter dem Mann her. Gächter folgte den beiden.

Die Kommissare hatten nicht damit gerechnet, dass sie fast einen Kilometer durch unterirdische Gänge marschieren mussten. Endlich sagte der Kollege. »Wir sind gleich da. Nur noch dort hinten durch.« Er leuchtete nach vorne. Das Licht der starken Lampe erfasste ein brüchiges Stück Mauerwerk, in dem sich ein Loch befand. »Vorsicht, da müssen Sie den Kopf einziehen.«
»Ist ja irre«, ließ sich Gächter hören, »dahinten geht's ja weiter. Leuchten Sie bitte noch mal.« Er kroch durch das Mauerloch und geriet in einen höhlenartigen Gang, von dessen Decke in unregelmäßigen Abständen dicke Wassertropfen auf den Boden fielen, wobei sie jedes Mal ein »Pflopp« von sich gaben, das aber in der Tonhöhe unterschiedlich klang, je nachdem, wie dick die Wassertropfen waren.
»Der Wissmann sagt, unterirdisch sei Stuttgart wie ein Schweizer Käse«, rief Gächter.
»Aber hier stinkt's nach was anderem als nach Käs«, meinte Bienzle. »Da kann die Kanalisation nicht weit sein. – Wo lag denn jetzt die Maske?«
Der Spurensicherer leuchtete ein Stück voraus. »Dort, hinter dem Geröll.«
Jetzt quälte sich auch Bienzle durch das schartige Loch in der Wand und ging gebückt bis zu einem Geröllhaufen, der den Weg versperrte. Man hätte zwar weitergekonnt, aber dann hätte man, flach auf dem Bauch, über den Steinhaufen kriechen müssen. »Hier hat er also die Maske verloren, als er durch das enge Stück musste.«
»Sieht so aus.«
»Ich hätte ja nicht übel Lust, dort weiterzugehen. Mal gespannt, wo man hinkommt«, sagte Gächter.

»Mach das. Nimm aber noch zwei Leute mit. Ich muss mich jetzt dringend um den Jungen kümmern.« Gemeinsam gingen die drei Männer zurück.
Bienzle stieg in den Krankenwagen. »Na, wie geht's?« Bevor Geza etwas sagen konnte, raunzte Dr. Kocher den Hauptkommissar an: »Das sag ich Ihnen gleich: Von Ihnen lass ich mich nirgendwo mehr hinzitieren.«
»Hab *ich* Sie herbestellt?«
»Also gut, der Gächter hat angerufen, aber da haben Sie doch dahintergesteckt.«
»Ehrlich g'sagt, mir wär's lieber gewesen, ich hätt Sie heut nimmer sehen müssen. Es war doch klar, dass wir den Notarzt holen.«
Kocher blieb förmlich die Luft weg. »Und heut Abend wär unsere Zusammenkunft bei den Rotariern gewesen.«
Bienzle schaute auf die Uhr. »Das wird ja wohl noch nicht vorbei sein.« Dann wendete er sich an den Notarzt: »Kann ich den Geza mitnehmen?«
»Ich sehe da kein Problem. In die Klinik muss er nicht. Und wenn Sie sich um ihn kümmern …«
»Mach ich. Kommst du, Geza?«
Dr. Kocher stand auf der Straße, als Bienzle mit dem jungen Janicek den Krankenwagen verließ. »Ich streit mich nicht gerne mit Ihnen«, sagte der Kommissar zu Kocher. »Die paar Wochen oder Monate, die ich noch da bin, hätt ich's gern friedlich.«
Kocher starrte den Kommissar verblüfft an. »Soll das heißen …?«
»Vielleicht. Ich bin noch nicht ganz entschlossen, aber ich spiel mit dem Gedanken, mich vorzeitig pensionieren zu lassen. Das müsste Sie doch freuen.«

»So ein Blödsinn! Fehle dätet Sie mir!« Damit marschierte Kocher los. Bienzles zufriedenes Lächeln hatte er nicht mehr gesehen.

Hannelore war nicht sehr überrascht, als Bienzle und Geza gemeinsam ankamen. »Ich hatte mir schon so was gedacht.« Sie suchte aus Bienzles Kommode einen Schlafanzug, aus dem der Kommissar schon seit einiger Zeit »herausgewachsen war«, wie er es ausdrückte.

Geza ging ins Bad, um sich für die Nacht zurechtzumachen und Bienzles Schlafanzug anzuziehen.

»Ich geh dann schon mal schlafen«, sagte Hannelore.

»Ich komm gleich nach!« Im selben Augenblick meldete sich Bienzles Handy. Er schaute auf das Display. »Der Gächter!«

Hannelore zog die Schlafzimmertür hinter sich zu.

»Bischt raus aus den Katakomben?«, fragte Bienzle ins Telefon. »Oder kriechst du immer noch durch den Stuttgarter Schweizer Käs?«

»Ich bin wieder oben, und du wirst nicht glauben, wo ich am Ende des Ganges gelandet bin.«

»Mach's bitte nicht so spannend wie der Schober immer.«

»Hinter dem ›Goldenen Anker‹, der Wirtschaft von Albrecht Sailer.«

»Also doch der Sailer. Das erklärt vielleicht auch, dass ich ihn am Telefon nicht erreichen konnte.«

»Ich hab zwei Kollegen dabei. Wir könnten ihn vorläufig festnehmen.«

»Mit was für Beweisen? Aber vielleicht kannst du irgendwie an Material für eine DNA-Analyse kommen.«

»Das kann ja nicht so schwierig sein.«
»Alles Weitere morgen im Büro«, sagte Bienzle und legte auf.
Als Geza in Bienzles altem Schlafanzug aus dem Bad zurückkam, war der Kommissar gerade damit beschäftigt, auf der Couch ein Bett zu machen. Geza setzte sich in einen Sessel, zog die Füße an und schlang seine Arme um die Schienbeine. Seinen Kopf legte er auf die Knie. Die rechte Hand war noch immer zur Faust geballt.
Bienzle schlug die Bettdecke zurück. »So, schlupf rein.«
Geza kroch unter die Decke. »Und der Bienzle?«
»Der schläft heute da drüben.« Als er sah, wie sich Gezas Miene verfinsterte, schob er rasch nach: »Aber ich bleib noch a bissle bei dir.« Er setzte sich auf den Rand der Couch. »Hast du den Mann wirklich nicht gekannt?«
Geza schüttelte den Kopf.
»Und seine Stimme?«
Geza schüttelte erneut den Kopf. »Geschlagen hat er mich. Er hat mich geschlagen.«
»Ich weiß, und gefesselt.«
Geza fasste sich an den Hals. »Keine Luft. Und dann … dann … Ich hab Angst gekriegt. Große Angst.«
Bienzle legte ihm tröstend die Hand auf den Arm.
»Und da hab ich's ihm gezeigt.«
»Was hast du ihm gezeigt?«
»Wo die schönen Sachen sind.«
»Was denn für Sachen?« Jetzt öffnete Geza langsam die Faust und zeigte Bienzle, was er die ganze Zeit verborgen hatte: Auf seiner flachen Hand lag ein wunderschöner, großer, grünlich leuchtender Edelstein, der das Licht der Deckenlampe tausendfach zurückstrahlte.

»Mann! Ist der schön!«, entfuhr es Bienzle. Geza machte die Faust rasch wieder zu.
»Kann ich ihn mir ausleihen?«
Geza zögerte. Er schien mit sich zu kämpfen. Aber dann öffnete er doch ein zweites Mal die Faust und erlaubte, dass Bienzle den Stein herunterpflückte.
»Meinst du, dass du jetzt schlafen kannst?«, fragte der Kommissar.
Geza antwortete in einem leisen Singsang: »Der Geza schläft ja schon, schläft ja schon, schläft ja schon.«
Bienzle löschte das Licht und ging hinaus.
Hannelore lag im Bett und las in einem Kunstführer über St. Petersburg. Als Bienzle hereinkam, senkte sie das Buch.
»Er setzt dich an die Stelle seines Vaters. Wenn du nicht aufpasst, klebt er bald ganz fest an dir dran.«
Bienzle nickte nur, ging aber nicht darauf ein. Er hielt Hannelore seine flache Hand hin. »Schau dir das an!«
»Mein Gott. Ein Saphir. Der muss ein Vermögen wert sein!«
»Den hat der Geza die ganze Zeit in seiner Faust gehabt. Der Stein muss in dem Keller unter der Markthalle versteckt gewesen sein.«
»Wo denn da?«
»In einem Tresor, der hinter einem alten Schrank ins Mauerwerk eingelassen war.«
»Und da war nur dieser eine Stein?«
Bienzle schüttelte den Kopf. »Geza hat dem Mann, der ihn in den Keller gelockt hat, den Tresor gezeigt. Aber der Junge muss so geschickt vorgegangen sein, dass er sich bei der Aktion diesen einen Stein gekrallt hat. Was sonst noch drin war, müssen wir wohl bei dem Eindringling suchen.«

»Und wer könnte das gewesen sein?«
»Ich tippe auf den Wirt vom ›Goldenen Anker‹. Der Gächter hat rausgekriegt, dass einer der unterirdischen Gänge direkt zu Sailers Lokal führt.«
»Es gibt doch noch viele andere Gänge.«
»Ja, aber auf dem Weg zum ›Goldenen Anker‹ haben wir die Clownsmaske gefunden.«
»Ist denn dieser Sailer nicht der Mann, der Geza das Alibi gegeben hat?«
»Doch!« Bienzle wurde sehr nachdenklich. »Das passt alles nicht zusammen. Oder vielleicht doch.«

Fünfter Tag – Freitag

Das ist kein Wetter, das ist eine Krankheit«, stöhnte der leitende Hauptkommissar Ernst Bienzle. Er stand am Fenster und schaute auf die Stadt hinab. »Alles grau in grau wie das wirkliche Leben.«
»Hör auf zu nörgeln, Bienzle«, sagte Hannelore in seinem Rücken.
Bienzle drehte sich um. »Ich nehm den Geza mit ins Präsidium.«
Der junge Mann freute sich. »Der Geza geht mit.«
»Pass auf, dass er euch nicht eure Dienstpläne umdekoriert.«
Bienzle lächelte. »Mach ich!«
»Und verscheuch deine finsteren Gedanken!« Hannelore nahm Bienzle fest in die Arme und küsste ihn.
»Loslassen!«, schrie Geza. »Du sollst ihn loslassen!« Er packte Hannelore am Arm und versuchte, sie wegzuzerren.
Hannelore stieß den jungen Mann weg. »Was soll denn das?«
Doch der schrie nur weiter: »Loslassen. Du sollst ihn loslassen.«
Hannelore packte Gezas Handgelenke. »Jetzt reicht's aber! Was glaubst du eigentlich, wer du bist?«
»Ich will das nicht!« Er ging wieder auf sie los, aber nun packte ihn Bienzle an den Schultern, und zwar so resolut, dass Geza sofort innehielt.

»Los, komm jetzt! Das müssen wir klären. So geht's wirklich nicht.« Und zu Hannelore: »Ich sorge dafür, dass so was nie wieder vorkommt.«
»Da bin ich aber gespannt, wie du das machen willst.« Hannelore wendete sich abrupt ab und verschwand in ihrem Atelier.
Kaum war die Haustür hinter Bienzle und Geza ins Schloss gefallen, da knöpfte sich der Kommissar den Jungen vor: »Geza, so kannst du dich nicht benehmen. Das lass ich dir nicht noch amal durchgehen.«
»Bist du jetzt sauer?«
»Natürlich bin ich sauer.«
»Warum denn? Ich mag dich doch!«
»Ich dich auch, aber ich mag auch meine Hannelore.«
Geza stampfte mit dem Fuß auf. »Ich nicht.«
»Schade«, sagte Bienzle. »Ich mag nämlich die Hannelore viel mehr als dich.« Von diesem Moment an sprach Geza kein Wort mehr, bis sie das Präsidium erreicht hatten.
Als die beiden das Büro betraten, saß Gächter schon am Computer. Dr. Kocher stand bei der Kaffeemaschine und wartete ungeduldig darauf, dass er sich endlich eine Tasse eingießen konnte. Zu Gächter sagte er gerade: »Die könntest du fürs ›Guinnessbuch der Rekorde‹ anmelden, als langsamste Kaffeemaschine der Welt.«
»Morgen!«, grüßte Bienzle. »Was war bei Sailer?«
»Ich hab ihm beiläufig ein Haar von der Schulter gezupft«, gab Gächter zurück. »Das ist schon im Labor für die DNA-Analyse. – Morgen, Geza.«
Der junge Janicek blieb weiter verstockt und sagte nichts.
»Der Schober hat übrigens herausgefunden, dass in dem

Tresor in Janiceks Keller feine Goldpartikel waren«, berichtete Gächter weiter.
»Wir müssen sofort einen Durchsuchungsbeschluss für Sailers Lokal und Wohnung beantragen. Bevor der das Zeug wegschafft.«
»Welches Zeug?«
»Schmuck, besser g'sagt: einzelne Edelsteine, groß und geschliffen. Der Junge hat so einen die ganze Zeit in der Hand g'habt.«
»Ach, das war des Pudels Kern!«, ließ sich Kocher hören.
Bienzle sah den Mediziner fragend an.
»Ich hab im Krankenwagen noch zu ihm g'sagt: ›Du kannst dich doch jetzt entspannen‹, und dabei hab ich auf die Faust gezeigt, die er so krampfhaft gemacht hat. Er hat ziemlich komisch darauf reagiert. Gell, Geza?!«
Wieder antwortete der Junge nicht.
»Und Sie haben es nicht für nötig gehalten, uns diese Beobachtung mitzuteilen?«, raunzte Bienzle.
»Ich hab ja nicht wissen können, ob das für den Fall irgendeine Bedeutung hat. Überhaupt war ja nicht klar, warum ich, quasi mitten in der Nacht, da hinbestellt worden bin.«
Gächter, der verhindern wollte, dass es wieder zu einer Diskussion darüber kam, sagte schnell: »Wo ist denn der Stein?«
Bienzle nickte zu Geza hin. Der Junge stand jetzt vor einer Reihe von Fahndungsplakaten und studierte die Gesichter auf den Steckbriefen.
»Er hat ihn wieder«, sagte Bienzle
»Kann man den Stein mal sehen, Geza?«, rief Gächter.
Es war nicht klar, ob ihn der junge Mann gehört hatte.

Bienzle ging zu Geza hinüber. »Zeig mal den Edelstein«, sagte er in einem Ton, der Widerspruch nicht zuließ.
»Ja«, sagte Geza brav, »da!« Er fingerte den Saphir aus seiner Hosentasche und zeigte ihn auf der flachen Hand in die Runde.
Dr. Kocher war fasziniert, er beugte sich über Gezas Hand. »Ist ja sensationell! Vom Schliff her Anfang des 19. Jahrhunderts, würd ich sagen.«
Bienzle starrte Kocher an: »Wissen Sie das, oder tun Sie nur so?«
»Auch Gerichtsmediziner haben Hobbys, Herr Kommissar. Über Antiquitäten weiß ich einigermaßen Bescheid. – Gucket Se amal: Da wurde der Stein unsachgemäß aus der Fassung gebrochen.« Er deutete auf eine Stelle, an der Bienzle nichts Ungewöhnliches erkennen konnte. Erst als Kocher eine Lupe nahm, sah der Kommissar eine kleine Unebenheit in dem sonst so perfekten Saphir.
»Respekt!«, sagte Bienzle widerwillig.
Kocher beugte sich wieder über den Stein in Gezas Hand, aber der ließ den Saphir blitzschnell in der Hosentasche verschwinden.
»Aus der Fassung gebrochen …?« Bienzle fuhr sich mit beiden Händen über den Kopf. »Dann war der – was isches jetzt wieder?«
»Ein Saphir!«, krähte Geza, dessen schlechte Laune verflogen zu sein schien.
»Dann wäre der Saphir also Teil eines größeren Schmuckstücks gewesen?«
Kocher wiegte seinen Kopf hin und her. »Also Schmuckstück – ich weiß nicht.«
»Ja, was denn sonst?«

»Es muss sich um was anderes gehandelt haben. So ein Stein ist viel zu mächtig, für einen Ring zum Beispiel.«
»Und wozu passt er dann?«
»Zu einer Krone vielleicht.«
»Hä?«, machte Bienzle.
»Ja, oder zu anderen Insignien königlicher oder kaiserlicher Macht, wenn ich amal so sage darf.«
»Kronjuwelen«, sagte Gächter. »Da war doch mal was!« Er wendete sich seinem Computer zu, stieg aus dem laufenden Programm aus und begab sich in eine Suchmaschine.
»Ja«, sagte Bienzle. »Vor dreißig Jahr' hatten wir mal so einen Fall. Erinnerst du dich?«
Gächter nickte, wendete den Blick aber nicht vom Bildschirm seines Computers. »Das war nach dem Mord im Tauerntunnel. Ende der siebziger Jahre.«
Bienzle nickte. »Damals ist eine Schmuckausstellung ausgeraubt worden. Ein Goldschmied hat die gestohlenen Stücke völlig auseinandergenommen und ganz anders wieder zusammengesetzt. Weißt du noch, wie der hieß?«
Gächter arbeitete unvermindert weiter an seinem Computer und antwortete, ohne aufzuschauen: »Knut Jarosewitch.« Doch dann rief er plötzlich ganz aufgeregt: »Da! Ich wusste doch, da war was, aber dass es in Tschechien war, hatte ich vergessen. In Prag und Umgebung hat es in letzter Zeit eine ganze Serie spektakulärer Juwelendiebstähle gegeben. Und ausnahmslos ging es um historischen Schmuck.«
»Verkaufen kann man solche Stücke aber nicht«, sagte Kocher.
»Es sei denn, sie werden – genau wie damals – kunstvoll auseinandergenommen und wieder neu zusammengesetzt,

so dass die ursprüngliche Herkunft praktisch nicht mehr erkennbar ist«, wandte Bienzle ein.

Gächters Faust krachte auf den Schreibtisch. »Santini! – Er hat die entsprechende Werkstatt. Und er hat Janicek vor seinem Tod angerufen. Das kann doch kein Zufall sein!«

»Jetzt brauchen wir zwei Durchsuchungsbeschlüsse«, sagte Bienzle. »Einen für Sailer und den anderen für Santini.«

»Da könnten sich doch eigentlich die vom Raub und Diebstahl drum kümmern«, meinte Kocher.

»Abteilung Eigentumsdelikte«, verbesserte Bienzle. »Aber wir müssen den Mord an Janicek aufklären, und jetzt sieht es so aus, als führe der Weg über diese komische Juwelengeschichte.«

»Das wird Sie teuer zu stehen kommen«, sagte Santini zwei Stunden später. Schober und vier weitere Beamte der Spurensicherung durchforsteten seinen Laden, die Werkstatt und zwei Wohnräume, die sich nach hinten anschlossen.

»Da kommen Schadensersatzforderungen auf Sie zu, verlassen Sie sich drauf«, giftete der alte Goldschmied.

Gächter, der den Einsatz leitete, gab gelassen zurück: »Schicken Sie nur alles an unsere Behörde.« Er sah zu Schober hinüber, der gerade den Inhalt eines Safes unter die Lupe nahm. Auf Gächters fragenden Blick schüttelte der Chef der Spurensicherung nur verneinend den Kopf.

Der Kommissar wendete sich wieder an Santini: »Jetzt denken Sie doch noch mal nach. Was wollte Joseph Janicek wirklich von Ihnen?«

»Das habe ich Ihnen bereits gesagt: ein Paar Eheringe.«

»Wir gehen aber davon aus, dass er Ihnen Edelsteine aus einem Juwelenraub angeboten hat.«

»Ich habe keine Ahnung, wovon Sie reden.«
Aus dem hinteren Bereich rief einer der Spurensicherer: »Herr Gächter, Herr Schober, kommen Sie gerade mal!«
»Wo sind Sie denn?«
»Im Badezimmer!«
Santinis schmales Gesicht lief rot an. »Scheuen Sie vor gar nichts zurück? Das ist doch mein intimster Bereich. Ich verlange, dass sich Ihre Leute da zurückziehen.«
Gächter musterte ihn amüsiert. »So eine Durchsuchung schließt alle Räume ein.«
»Ich verbiete Ihnen …« Santinis Stimme überschlug sich.
Gächter kümmerte sich nicht weiter um den alten Mann und begab sich in das Badezimmer. Zwei Beamte hatten die Badewannenverkleidung abmontiert. Auf den eleganten schwarzen, mit Goldfäden durchwirkten Fliesen lag eine Plastiktüte in der Größe einer Aktentasche, wie man sie in Modeshops bekam.
»Nicht gerade einfallsreich, das Versteck«, ließ sich Schober hören. Er zog Plastikhandschuhe an und öffnete die bunte Tüte. Vorsichtig hob er den Inhalt heraus und legte ihn in einen Plastikbehälter, den ein Mitarbeiter bereithielt.
»Mein lieber Mann!«, entfuhr es Gächter.
Immer neue Schmucksteine kamen zum Vorschein. »Die Diamanten sind bestimmt nicht billig«, meinte Schober, »und die anderen Schmucksteine auch nicht.«
Gächter drehte sich zu Santini um. Mit leichter Ironie in der Stimme fragte der Kommissar: »Können Sie sich das erklären?«
Santini schüttelte den Kopf. Schweißperlen standen auf seiner Stirn. »Ich möchte meinen Anwalt sprechen.«
Gächter nickte. »Das kann ich gut verstehen.«

Santini ging nach vorne in seinen Laden, um zu telefonieren. Unterdessen wies einer der Spurensicherer auf den Monitor der Überwachungsanlage. »Vielleicht hilft uns das weiter.«
»Was schätzen Sie, wie lange so ein Teil aufzeichnet?«, fragte Gächter.
»Kommt auf den Rechner an, der angeschlossen ist. Aber in der Regel mindestens achtundvierzig Stunden.«
»Ja, dann lass mal sehen!«

Als Gächter ins Büro zurückkam, saß Bienzle hinter seinem Schreibtisch, die Beine weit von sich gestreckt, die Daumen in den Hosenbund gehakt und die Augen halb geschlossen. Geza hatte es sich an Gächters Schreibtisch bequem gemacht und schnitt aus den Fahndungsplakaten die Porträts der steckbrieflich gesuchten Verdächtigen aus, um ein Memory-Spiel daraus zu machen.
Bienzle öffnete die Augen. »Und?«
»Volltreffer!« Gächter ging zu seinem Computer und legte eine DVD ein. »Wir haben das Diebesgut bei Santini sichergestellt. Er hat zwar bis zum Schluss geleugnet, Sailer zu kennen, aber die eigene Überwachungskamera hat ihm ein Bein gestellt.«
»Schiefes Bild«, brummte Bienzle, »keine Kamera hat ein Bein, das sie einem stellen kann.« Gächter winkte nur ab, und Bienzle tat im gleichen Moment seine besserwisserische Bemerkung schon leid.
»Film ab!«, sagte Gächter.
Bienzle ging um die beiden Schreibtische herum und beugte sich über den Bildschirm. Geza rief: »Fernsehn!«, und schaute ebenfalls interessiert auf den Monitor. Dann rief

er begeistert: »Der Albrecht. Da, der Albrecht!« Er hatte Sailer erkannt, obwohl der zunächst nur von der Seite zu sehen war.
Der Überwachungsfilm zeigte, wie Santini die Ladentür aufschloss. Sailer reichte dem Goldschmied die Hand und betrat den Laden. In der linken Hand trug er eine Aktentasche.
Gächter zeigte auf die eingeblendete Zeit. Bienzle las sie ab: »23:15. Also keine vierzig Minuten, nachdem wir den Jungen im Keller der Markthalle gefunden haben. Da muss man ja nur eins und eins zusammenzählen. – Hast du Santini auch nach Janicek befragt?«
»Mein Papa!«, rief Geza dazwischen.
»Natürlich. Santini sagt, Joseph Janicek sei vor einiger Zeit – festlegen wollte er sich nicht, wann es genau war – bei ihm vorbeigekommen, um die Eheringe in Auftrag zu geben. Aber dann habe er ihm ein Geschäft vorgeschlagen.«
»Lass mich raten«, warf Bienzle ein. »Janicek war im Besitz der Beute aus den Juwelendiebstählen in Tschechien.«
»Sieht so aus, ja.«
»Und Sailer, welche Rolle spielt der?«
»Dazu verweigert Santini die Aussage. Kann sein, dass er Angst vor dem Wirt hat. Ich nehme an, Sailer war der Hehler. Janicek hat den Schmuck aus Prag nach Stuttgart gebracht und an Sailer verkauft. Sailer hat ihn dann von Santini umarbeiten lassen und in der neuen Form weiterverhökert. Wir werden ihn fragen.«
»Und warum hat Janicek nicht gleich selber das Geschäft gemacht?«
»Weil er nicht die richtigen Connections ...«

»Du meinst, Verbindungen«, ging Bienzle dazwischen.

»Okay, weil er nicht die notwendigen Verbindungen hatte. Sailer kennt sicher eine Menge Leute.«

»Gut«, Bienzle nickte, »nehmen wir mal an, du hast recht. Dann muss Sailer Janicek anständig beteiligt haben, sonst wäre der wohl kaum so reich geworden. Warum sollte Sailer Janicek ermorden? Der war ihm doch wahrscheinlich unentbehrlich. Wer sonst sollte die Lieferungen aus Tschechien heranschaffen?«

»Vielleicht ist ja – umgekehrt – Janicek auf die Idee gekommen, dass Sailer entbehrlich war. Nehmen wir an, Janicek wollte das Geschäft auf einmal ganz alleine durchziehen. Und Sailer ist ihm auf die Schliche gekommen.«

»Du denkst, dass er deshalb …« Bienzle warf einen Blick zu Geza hinüber, der während der letzten Sätze auf das Gespräch zwischen den Kommissaren aufmerksam geworden war. »Du meinst … äh …, deshalb ist es so gekommen, wie es gekommen ist.«

Gächter, weniger sensibel als Bienzle, sagte: »Ja, vielleicht musste Janicek deshalb sterben!«

»Papa nicht sterben! Papa nicht sterben!«, schrie Geza.

Bienzle legte dem jungen Janicek die Hand auf den Arm. »Auf das, was der Gächter sagt, musst du nicht hören, Bub.« Der Kommissar kehrte hinter seinen Schreibtisch zurück und nahm seine alte Haltung wieder ein. Er war nachdenklich geworden. »Das passt doch alles nicht zusammen«, sagte er mehr zu sich selbst als zu den anderen. »Warum gibt Sailer dem Geza ein Alibi?«

»Was ist ein Alibi?«, krähte Geza dazwischen.

Aber keiner kümmerte sich darum. »Wenn Sailer der Täter ist«, fuhr Bienzle fort, »wär es doch das Einfachste

für ihn, zu leugnen, dass der Geza zur Tatzeit bei ihm gewesen ist.«
»Nicht, wenn er den Geza noch gebraucht hat«, wendete Gächter ein.
»Was ist mit dem Geza?«, fragte der junge Janicek über die Schulter. Er hatte damit begonnen, sieben gleiche Bildpaare aus lauter Steckbrieffotos auf Gächters Schreibtisch aufzureihen.
»Geza hat das Versteck in Janiceks Keller gekannt«, sagte Bienzle.
»Ja«, rief Geza dazwischen. »Ich hab's gewusst!«
»Wird Zeit, dass wir uns Sailer vornehmen!«, meinte Gächter.
Bienzle nickte: »Wir lassen ihn vorläufig festnehmen und versuchen, einen Haftbefehl zu erwirken, wie sich's g'hört!«
»Ich kümmere mich drum.« Gächter trat zu Geza. »Ich muss dann mal wieder an meinen Schreibtisch.«
»Spielst du mit mir?«
»Nee, du, mir reicht's, wenn ich die ganzen Plakate bei der Geschäftsstelle neu beschaffen und wieder aufhängen muss.«
Bienzle sagte: »Du musst die Bilder sowieso erst auf Kärtchen aufkleben, Geza.«
»Stimmt«, sagte der junge Mann. »Bienzle ist schlau!«
»Na und ob!« Gächter grinste.
»Das machen wir zu Hause.« Bienzle stand auf, zog sein Kreuz gerade und angelte nach seiner Jacke, die über der Rückenlehne seines Schreibtischstuhles hing.
»Hast du nicht heute deine Einladung zum spanischen Essen bei deinem Hauswirt?«, fragte Gächter.

»Menschenskind, das hätt ich ja fast vergessen. Los, Geza, wir gehen.« Er war schon an der Tür, als Gächter sagte: »Aber das Verhör Sailers übernimmst du morgen.«
»In Ordnung. Mit dir zusammen.«

»Was machen wir denn mit Geza? Wir sind doch bei Rominger eingeladen«, sagte Hannelore, als Bienzle und der junge Janicek gegen 19 Uhr eintrafen. Sie hatte ein schlichtes blaues Kostüm und eine weiße Bluse angezogen. Als Gastgeschenk hatte sie eine Azalee gekauft. Sie mochte keine Schnittblumen, weil sie davon überzeugt war, dass Pflanzen darunter litten, wenn man ihnen mit dem Messer oder einer Schere zu Leibe rückte.
»Ich kuck die Sendung mit der Maus«, sagte Geza.
»Aber die gibt's jetzt nicht«, wendete Hannelore ein.
»Papa hat DVDs.«
Bienzle und Hannelore wechselten einen ratlosen Blick.
»Ja, weißt du«, sagte der Kommissar, »wir sind darauf nicht so eingestellt.«
»Ob der Rominger etwas dagegen hat, wenn wir ihn mitbringen?«, fragte Hannelore.
»Ich geh runter und frag ihn.« Bienzle ging zur Tür.
»Ich komm mit«, rief Geza.
»Das ist vielleicht nicht so günstig«, sagte Bienzle. »Du wolltest doch auch noch die Memory-Kärtchen fertig machen.«
»Au ja«, rief Geza begeistert.
Bienzle erklärte Hannelore, worum es ging. Sie war *nicht* begeistert, erklärte sich dann aber doch bereit, Geza das notwendige Material – Karton, Schere, Leim – herauszusuchen und dem Jungen einen Arbeitsplatz in der Küche

zuzuweisen. »In mein Atelier lass ich ihn so schnell nicht wieder rein«, sagte sie zu Bienzle, »aber er kann sich an den Küchentisch setzen.«

Rominger trug seinen besten Anzug und eine gestreifte Krawatte. Auf seinem Gesicht lag ein Lächeln, das Bienzle nicht an ihm kannte, weshalb er vermutete, sein Hauswirt habe es über Stunden vor dem Spiegel eingeübt.
»Ja kommet Sie allein?« Das Lächeln erlosch.
»Nein, ich wollt Sie bloß schnell was fragen. Es ischt ja auch no net ganz Zeit.«
»No ja«, sagte Rominger, »lieber z' bald als zu spät!«
»Wir haben doch Besuch ...«, setzte Bienzle an.
»Ach so, ja«, unterbrach ihn Rominger, »den jungen Janicek.«
»Das wissen Sie?«
»Ja, jetzt höret Sie mal. Man informiert sich ja schließlich.«
»Ja dann«, sagte Bienzle, »also es geht darum ...«
Wieder ließ ihn Rominger nicht ausreden. »Ja bringet Sie ihn halt mit.«
Bienzle war überrascht. So leicht hatte er sich das nicht vorgestellt.
Doch Geza wollte dann gar nicht mitkommen. Die Aufgabe, aus den Steckbriefbildchen funktionierende Memory-Spielkarten zu basteln, faszinierte ihn zu sehr.
»Gut«, sagte Bienzle, »du darfst aber nachkommen, wenn du willst.«
»Weiß schon«, Geza schaute nicht einmal von seiner Arbeit auf, »im Erdgeschoss. Ich werde klingeln.«
»Manchmal wirkt er ganz vernünftig«, sagte Hannelore, als sie die Treppe hinabstiegen.

»Sag jetzt bitte nicht: ›für sein Alter‹«, gab Bienzle zurück.
»Wie alt ist er denn nun?«
»Er ist geistig und auch seelisch stehengeblieben, als er fünf oder sechs Jahre alt war. Er hatte damals diesen schweren Unfall …«
»Das hast du mir nie so genau erzählt.«
»Sein eigener Vater hat ihn mit dem Auto überfahren. In der eigenen Garageneinfahrt. Er hat den Jungen nicht gesehen. Das Gehirn des Jungen war wohl eine Zeitlang nicht genügend mit Sauerstoff versorgt. Seitdem hat er sich nur körperlich weiterentwickelt.« Bienzle wollte auf die Klingel drücken, aber da öffnete Rominger auch schon. Das antrainierte Lächeln war auf sein Gesicht zurückgekehrt.
Bienzle war nur einmal in Romingers Wohnung gewesen, als er den Mietvertrag unterschrieben hatte. Hannelore betrat die Räume ihres Hauswirts zum ersten Mal. Das Wohnzimmer war mit Topfpflanzen förmlich zugestellt. Und wo sie sich nicht drängten, stand ein zwei Meter breites Aquarium, in dem bunte Fische schwammen.
»Die Azalee hat da ja gar keinen Platz mehr«, meinte Hannelore.
»Die bringet mir scho no unter! Die ist ja wunderschön!« Rominger nahm Hannelore den Blumenstock ab und bat seine Gäste, an dem dunklen, massiven Esstisch Platz zu nehmen, der genau in der Mitte des Raumes stand und mit einem antik anmutenden Geschirr gedeckt war. Rominger verschwand in der Küche.
»Ich bin vielleicht gespannt, was er gekocht hat«, sagte Hannelore.
»Spanisch halt. Ich hab die Zutaten ja schließlich selber eingekauft. Zahlen muss er sie übrigens noch!«

Bienzle betrachtete die Fische, während Hannelore rasch einen Teller umdrehte, um nachzuschauen, aus welcher Fabrikation das Geschirr kam. Überrascht stieß sie einen leisen Pfiff aus. »Echt Hutschenreuther. Da schau her.« Aber da kam Rominger schon wieder zurück. Er trug vorsichtig eine große Suppenschüssel im gleichen Dekor vor sich her und setzte sie ab. »Ich darf doch«, sagte er, hob den Deckel ab und schöpfte die Teller voll.
»Was ist das?«, fragte Bienzle.
»Ha, des sehet Se doch, Gaisburger Marsch. Spätzle, Kartoffel und Fleisch in der Brühe – wie sich's gehört.«
»Als Vorspeise aber ein bisschen mächtig«, meinte Hannelore.
»Gaisburger Marsch ischt emmer älles auf oimal: Vorspeise, Hauptspeise ond Nachtisch. Deshalb ischer ja so praktisch. Das Rezept hab ich von meiner Schwester. Ich hab sie extra angerufe. Mir schwätzet ja sonscht net viel mitanander.«
Hannelore sah Bienzle an, und der machte ein Gesicht, dass sie beinahe laut losgelacht hätte. Um dem zu entgehen, sagte sie schnell: »Es duftet wunderbar.«
Rominger lächelte geschmeichelt. »Dätet Sie vielleicht schon den Rotwein einschenke, Herr Bienzle?«
Der Kommissar nahm die Flasche, prüfte das Etikett und nickte anerkennend. »Da sieht mr, dass wir Ihne was wert sind, Herr Rominger.«
»Ja, da hab ich scho seit Jahren a paar Flasche im Keller liege«, antwortete der Vermieter.
Sie begannen zu essen. Eine ganze Zeitlang sprach niemand. Smalltalk war Bienzles Sache nicht und die von Rominger noch weniger. Hannelore war da anders, aber sie ließ die beiden Schwaben schmoren. Schließlich sag-

te Bienzle: »Die Pflanzen machet sicher ziemlich viel G'schäft.«
Rominger nickte heftig. »O ja. Und das ist ja dann auch das Problem.«
»Andererseits«, sagte Bienzle, »Sie sind doch Rentner. Da hat mr ja Zeit.«
Rominger saß plötzlich ganz gerade. »Das ist ein weitverbreiteter Irrtum. Aber des werdet Sie auch amal merke. So weit ischt des bei Ihne ja au nimmer bis zu Ihrer Pensionierung, oder?«
Hannelore und Bienzle schauten sich an. »Na ja«, meinte der Kommissar, »a bissle Zeit hat des ja schon noch.« Der Rest war Schweigen, bis sie ihre Teller leergegessen hatten.
Schließlich sagte Hannelore: »Das hat wirklich gut geschmeckt, Herr Rominger.«
Der Hauswirt nickte zustimmend. »Mei Vadder hat nach so einem Esse emmer g'sagt: ›Guet war's, reichlich und weit über unsere Verhältnisse.‹«
»Na ja, Gaisburger Marsch ist ja jetzt net direkt ein teures Gericht«, warf Bienzle ein. »Wisst ihr eigentlich, wo der Name herkommt?«
»Natürlich weiß i des«, gab Rominger zurück. »Des war vor dem Ersten Weltkrieg« – weil er sich direkt an Hannelore wendete, bemühte er sich, nach der Schrift zu sprechen, wie man in Schwaben sagt, wenn man sich im Hochdeutschen versucht –, »die Soldaten, die in der Rotebühlkaserne im Stadtzentrum untergebracht waren, sind extra nach Gaisburg, des ischt fascht schon in Cannstatt, weil's dort eine Wirtin gab, die riesige Portionen Brühe mit Spätzle, Kartoffel und richtig viel Fleisch für vierzig Pfennig verkauft hat. Und das war halb so teuer wie in der Stadt.«

»Und dafür sind die so weit marschiert?«
»Fünf Kilometer hin und fünf wieder z'rück.«
»Da habet die ja schon wieder Hunger g'habt, wenn se in d' Kasern zurückkomme send«, meinte Bienzle.
»Aber sie habet was g'spart.« Rominger goss Wein nach.
Hannelore beugte sich zu ihrem Vermieter hinüber. »Darf ich Sie noch was fragen, Herr Rominger?«
»Ja, gern.«
»Die Sachen, die der Bienzle für Sie aus der Markthalle besorgt hat – Pinienkerne, Shrimps, Seehechtbäckchen –, was haben Sie denn damit gemacht?«
»Ach so, des. Des war doch net für mich. Das war für mein Sangesbruder Carlos Fuentes. Der schafft beim Daimler. Ein Spanier. Wunderbare Tenorstimme. Aber er hat halt wenig Zeit. Er kocht morge für a paar Freund. I ben natürlich au eiglade …«
Jetzt hielt es Hannelore doch nicht mehr. Sie konnte das Lachen nicht mehr zurückhalten.
»Ja, was ischt jetzt da dran so komisch?« Rominger legte seine Stirn in Falten. Doch dann begriff er. »Ach so, Sie habet gedacht, ich koch heut spanisch. Ja, um dr Gottes wille. Da kann ich bloß sage: Schuster bleib bei deinem Leischte!«
Hannelore trank einen Schluck Wein. »Ich werde dann auch mal kochen, wenn wir aus unserem Urlaub zurück sind. Vielleicht ein original russisches Gericht.«
»Borschtsch zum Beispiel?«, fragte Rominger.
»Ach, das kennen Sie?«
»1995 bin ich amal in Moskau g'wese. Mit unserem Gesangverein. Also musikalisch sind sie ja top, die Russen, des muss mir ihne lasse. – Aber jetzt zur Sache!«
Hannelore und Bienzle sahen überrascht auf.

»Wenn Sie aus Ihrem Urlaub z'rück send, fahr ich drei Woche zu meiner Schwester nach Riedlingen auf d' Alb.«
Bienzle verstand. »Und da sollet mir dann a bissle aufs Haus aufpasse?«
»Ja, des au.«
»Und was noch?«
Hannelore hatte schon begriffen. »Es geht um Ihre Pflanzen und Ihre Fische, stimmt's?«
»Also von Pflanzen versteh ich nix. Und von Fisch noch weniger«, sagte Bienzle grimmig.
Hannelore amüsierte sich. »Weniger als ›nix‹ ist aber nicht viel, mein Lieber!«
Rominger lächelte sie an: »Aber Sie?! Ich mein, Sie malet se doch sogar.«
»Fische weniger. Pflanzen schon eher.«
»Ich hätt mir sowieso schon lang g'wünscht, dass wir uns da ab und zu austauschen.«
Bienzle wurde immer unbehaglicher. »Wie viel Zeit verwenden Sie denn so täglich auf Ihre Pflanzen, Herr Rominger?«
»Das beschprech ich dann alles mit Ihrer Frau Hannelore. Gell, Frau Schmiedinger?«
Jetzt guck dir den alten Rominger an, dachte Bienzle bei sich, macht der doch tatsächlich meiner Hannelore den Hof.
»Am besten, Sie schreiben mir alles auf, worauf man achten muss«, sagte sie zu Rominger.
Rominger strahlte sie an. »Ja, aber vorher erklär ich's Ihne.«
In diesem Augenblick klingelte es an der Wohnungstür.
»Das muss der Geza sein. Gestatten Sie, dass ich aufmach?«,

fragte Bienzle den Gastgeber. Rominger nickte gnädig. Mit Geza kehrte Bienzle ins Wohnzimmer zurück. Stolz zeigte der junge Janicek sein neues Kartenspiel. Zu Bienzles Überraschung interessierte sich der alte Rominger dafür.
»Wenn Sie erlauben, räume ich schnell ab«, sagte Hannelore. »Dann habt ihr Platz.«
Minuten später waren Rominger und Geza schon in ihr Spiel vertieft, und der Hauswirt sagte: »Wenn Sie schon raufgehen wollen, ich schick den Geza dann nach.«
Bienzle zögerte ein wenig, bevor er sagte: »Da wär aber noch was.«
»Ja?« Rominger drehte zwei Karten um. Sie passten zueinander.
»Die Zutaten zu dem spanischen Essen.«
»Ja, was ist mit dene?«
»Die müssten Sie noch bezahlen.«
»Ich net, der Carlos. Sobald ich von dem des Geld hab, geb ich's Ihnen.«
Bienzle und Hannelore verließen die Wohnung. Im Treppenhaus sagte Hannelore. »Wäre das nicht was: Ich gieße seine Blumen und füttere die Fische, und er passt in den nächsten Tagen auf den Geza auf?«
»Des wird wohl nichts werden«, sagte Bienzle und öffnete ihre Wohnungstür.

Sechster Tag – Samstag

Albrecht Sailer saß bereits in dem Verhörzimmer im zweiten Untergeschoss des Präsidiums, als Bienzle und Gächter den kahlen, unwirtlichen Raum betraten. Der Wirt starrte den Kommissaren entgegen, und als Bienzle freundlich sagte: »Guten Morgen, Herr Sailer«, lachte er nur kurz und böse auf. Gächter lehnte sich an die Wand, Bienzle setzte sich Sailer gegenüber und legte die Clownsmaske mitten auf den Tisch. »Kennen Sie die?«

»Was ischt des?«

»Eine Maske, und zwar die Maske, die Sie vorgestern Abend getragen haben.«

»So ein Schwachsinn!«

Bienzle blieb ruhig. »Sie haben Geza Janicek in den Keller unter der Markthalle bestellt, überfallen, gefesselt und geknebelt.«

»Und warum soll i des g'macht habe?«

Jetzt meldete sich Gächter: »Geza Janicek hat gewusst, wo die Schätze liegen.«

Sailer fuhr zu ihm herum. »Was denn für Schätze?«

Unbeirrt fuhr Bienzle fort: »Und Sie haben gewusst, dass der Geza das weiß, Herr Sailer!«

Sailer starrte die Kommissare an. »Wenn ich wüsst, wovon Sie reden, könnt ich vielleicht was dazu sagen, aber ich hab null Ahnung!«

Bienzle bückte sich und holte aus einer Tasche die Plas-

tiktüte heraus, in der sich die bei Santini beschlagnahmten Edelsteine befanden. Er legte sie vor Sailer auf den Tisch. »Das haben Sie gesucht und in Janiceks Keller gefunden«, sagte Bienzle.
Gächter kam herüber und platzierte die Fotos der in Prag geraubten Juwelen daneben. »Und das sind die passenden Bilder dazu! Aus Prag. Wir haben auch genaue textliche Beschreibungen – alles von Europol.«
Sailer wollte etwas sagen, aber Bienzle ließ ihn nicht dazu kommen. »Joseph Janicek ist regelmäßig, mindestens einmal im Monat, nach Tschechien gefahren, um dort Bärenschinken, Salami, Gemüse und Früchte einzukaufen. Er besaß einen eigenen Kühltransporter.«
»Ja ond? Des ischt ja nix Neu's«, bellte der Wirt vom »Goldenen Anker«.
»Unter Fleisch, Wurst, Kraut und Rüben hat er Juwelen nach Deutschland geschmuggelt. Die Beute aus den Einbrüchen in Prag!«
»Des kann ja alles sein. Aber was hat das mit mir zu tun?«
Bienzle lächelte Sailer auf eine Weise an, die den Wirt womöglich mehr irritierte als die ganzen Fragen und Vorhaltungen der Kommissare. »Wir wissen mittlerweile von Herrn Santini, dass Sie üblicherweise die Juwelen bei ihm umarbeiten ließen, um sie dann wieder in den Markt zu bringen. Bestimmt kein schlechtes Geschäft. Ich nehme an, Joseph Janicek war der Partner der Juwelenräuber aus Prag, und hier in Stuttgart waren Sie sein Kumpan.«
»Was?« Sailer blieb der Mund offen stehen, er rang nach Atem und begann plötzlich heftig zu schwitzen.
Unbeirrt fuhr Bienzle fort: »Doch jetzt wollte Janicek offenbar nicht mehr mit Ihnen teilen, sondern das Geschäft

alleine machen. Vielleicht hatte er einen Weg gefunden, die umgearbeiteten Juwelen zu verkaufen. Aber die Klunker sind uns gar nicht so wichtig. Es geht um den Mord an Joseph Janicek. Und Sie sind der Hauptverdächtige, Herr Sailer.«
Sailer schüttelte nur stumm den Kopf.
»Sie wissen, dass Sie verloren haben!«, sagte Bienzle.
Unwillkürlich nickte der Wirt. Er zog ein Taschentuch heraus, trocknete den Schweiß ab und atmete ein paarmal tief durch. »Okay. Ich bin am Montagabend in der Markthalle gewesen.«
Bienzle lehnte sich zurück und streckte die Beine von sich.
»Wann genau?«, fragte Gächter scharf.
»So zwanzig Minuten nach sieben.«
»Weiter!«, sagte Bienzle ruhig.
»Ich wollt mit dem Janicek reden. Er hat mich am Nachmittag ang'rufen und g'sagt, dass er künftig … also dass er nimmer mit mir zusammenarbeiten will. Ich bin dann spontan 'nüber in die Markthalle.«
»Gleich am Nachmittag?«, fragte Bienzle. »Warten Sie, der Anruf war …« Der Kommissar schaute in der Akte nach. »Um 17 Uhr 25.«
»Ja, ich bin gleich rüber, aber ich hab net mit ihm spreche könne.«
»Warum denn nicht?«, wollte Gächter wissen.
»Weil der Janicek einen saumäßigen Krach mit dem Siggi Körner g'habt hat. Die zwei haben mich nicht amal bemerkt.«
»Und worum ging's da?«, fragte Bienzle.
»Der Janicek hat doch aufhören wollen. Er wollt ein neues Leben anfangen mit der Mechtel. Mit dem Marktg'schäft

hätt Schluss sein sollen. Und der Siggi hat natürlich gehofft, dass er den Stand dann übernehmen kann.«

»Ja, davon haben wir gehört.«

»Der Janicek hat den Körner vielleicht abblitze lasse! ›Du? Du kannst das doch gar nicht. Da wäre bald der ganze Laden im Eimer‹, hat er ihn ang'schrien, und dann noch: ›Wenn einer den Stand auf gar keinen Fall kriegt, dann bist es du!‹«

»Und wie hat Körner reagiert?«

»Komisch. Der ischt ganz ruhig gebliebe. Er hat seinen Schurz auszoge und an da Hake g'hängt. Dann hat er den Janicek anguckt und g'sagt: ›Wenn du dich da amal nicht täuschst!‹ Und ist weggegangen. Der Janicek hat ihm noch nachgeschrien: ›Da bleibst! Es ist noch lang nicht Feierabend!‹ Aber der Körner hat sich nicht amal mehr umgedreht.«

»Und dann haben Sie mit Janicek gesprochen?«, fragte Bienzle.

»Nein, das ging nicht, weil plötzlich mehrere Kunden da waren, und er hat ja dann allein bediene müsse.«

»Und da haben Sie Ihren Besuch verschoben?«

»Ja! Um Viertel nach sieben bin ich dann daheim los und noch mal in die Markthalle.«

»Und da haben Sie ihn dann umgebracht«, rief Gächter, der inzwischen wieder neben der Tür an der Wand lehnte.

Sailer wendete sich zu ihm um. »Sie machet aus mir keinen Mörder. Warum hätt ich den Joseph denn umbringe solle? Ohne ihn wär ich doch an den Schmuck aus Prag gar net rangekomme. Ich hab mit ihm rede wolle. Ich hätt ihm ein sehr gutes Angebot gemacht. Aber wie hätt ich mit einem Mann verhandle solle, der tot in seinem Stand g'lege ischt.«

»Und sein Sohn, der Geza?«
»Ist vor ihm gesessen und hat das Messer in der Hand g'habt!«
»Und da haben Sie beschlossen …?«
»Erscht amal hab ich gar nix beschlosse. Ich war ja so geschockt. Und dann ist plötzlich der Wachmann reingekomme. Ich bin hinte naus, über die Trepp und durch den Gulli.«
Einen Augenblick war es ganz still in dem Verhörraum. Man hörte nur das aufgeregte Summen einer Fliege, die immer wieder gegen das vergitterte Fenster flog.
»Und warum haben Sie Geza ein Alibi gegeben?«, fragte endlich Bienzle.
»Dazu sag i nix!«
»Dann sag ich was dazu: Sie wollten den Schmuck. Deshalb sind Sie auch bei Janicek daheim eingebrochen.«
Sailer schwieg.
»Und haben mich niedergeschlagen.«
Überraschend sagte Sailer: »Tut mir leid.«
»Und vorgestern Abend?«, fragte Gächter. »Wie war das in Janiceks Keller?«
»Also gut. Hilft ja alles nix.« Sailer fuhr mit seinem Stuhl etwas zurück, schlug die Beine übereinander und wirkte plötzlich ruhig. »Ich hab den Geza auf seinem Handy angerufen und g'sagt: ,Wenn du deinen Papa sehen willst, dann komm heute nach Marktschluss in die Halle …« Er unterbrach sich und saß einen Augenblick lang ganz still.
»Sie scheuet au vor gar nix z'rück«, sagte Bienzle, stand auf, ging zur Tür und klopfte. Ein Polizeibeamter öffnete und kam herein. Ein zweiter stand draußen im Gang. »Abführen«, befahl der Kommissar.

Als Sailer an ihm vorbeiging, fixierte Bienzle ihn. Unwillkürlich blieb der Wirt vom »Goldenen Anker« noch einmal stehen.
»Jetzt sind wir wieder ganz am Anfang, und Sie sind schuld«, knurrte der Kommissar.
»Jeder muss halt sehen, wo er bleibt«, gab Sailer zurück. »Ich glaub übrigens nicht, dass es der Geza war. Aber vielleicht hat er zusehen müssen, wie der Körner den Janicek erstochen hat. Und jetzt überlegen Sie mal, wie so etwas auf einen Kerle wie den Geza wirke muss.«
»Sie sind ja auf einmal so einfühlsam«, sagte Bienzle süffisant, und zu den beiden Schutzpolizisten: »Los, bringt ihn weg!« Die Tür fiel ins Schloss. Bienzle kehrte zum Tisch zurück und trat mit dem Fuß so heftig gegen den Stuhl, dass der umfiel. »Des ischt doch zum Mäusmelke!«
Gächter grinste. »Du mit deinen schwäbischen Sprüchen immer.«
»Ist doch wahr! Da hat man einen Zeugen, der mit einem einzigen Satz alles klären könnte, und der erinnert sich an nichts mehr.«
Gächter hob den Stuhl auf und stellte ihn wieder an den Tisch. »Vielleicht kann man ihn doch noch dazu bringen. Irgendwie müsste der Geza doch zu knacken sein.«
Bienzle setzte sich auf die Tischkante und ließ sein rechtes Bein pendeln. »Seit a paar Tag hab ich jetzt auch noch Schwierigkeiten mit meinem rechten Knie.«
»Ist vielleicht auch psychologisch«, sagte Gächter grinsend.
Bienzle ging nicht darauf ein. »Ich hab den Dr. Frenzel gefragt, ob er eine Idee hätte, wie man Gezas Trauma auflösen könnte, um seiner Erinnerung nachzuhelfen.«
»Und?«, fragte Gächter begierig.

»Wenn man genau wüsste, was geschehen ist, hat er gemeint, könnte man das Geschehen vielleicht nachspielen.«
»Nachspielen? Wie soll das denn gehen?«
»Also ich hab das so verstanden: Man müsste die Situation sozusagen noch einmal herstellen. Aber da müsste man ja erst einmal wissen, wie die war. Außerdem hat der Doktor gemeint, das bedeute ein erhebliches Risiko für den Geza.«
»Und worin soll das bestehen?«
»Was weiß ich. Vielleicht könnte er dann noch viel tiefer in seine Krankheit stürzen. Jedenfalls glaubt der Arzt, dass man überhaupt nicht voraussehen könne, wie der junge Janicek auf so einen Test reagiert.«
»Versuchen müssen wir's vielleicht trotzdem.«
Bienzle wiegte seinen Kopf hin und her. »Zu dem Doktor Frenzel hab ich g'sagt: Zuerst wollen wir alle anderen Möglichkeiten ausloten.«
»Aber die gehen uns langsam aus«, wendete Gächter ein.
»Auf jeden Fall müssen wir uns den Siegfried Körner noch einmal vorknöpfen.« Sie stiegen die Treppe hinauf und schritten durch den Gang im Erdgeschoss an den Räumen der Abteilung Spurensicherung vorbei. Eine Tür stand halb offen. Aus dem Zimmer dahinter drang Gelächter.
»Das ist doch bei Schober«, sagte Gächter und stieß die Tür ganz auf.
Geza Janicek saß an einem Schreibtisch und spielte mit drei der Beamten, darunter auch Schober, Memory. Als Karten diente ein doppeltes Rommé-Blatt, das verdeckt aufgelegt worden war. Aus den vierundsechzig Karten gelang es Geza immer wieder, das richtige Doppel zu ziehen. Dr. Kocher lehnte an einem Schrank und sah amüsiert zu, wie der Junge gewann.

»Als ob wir nichts Besseres zu tun hätten«, knurrte Bienzle ärgerlich.
»König und König!«, rief Geza. »Zehn und zehn!«
Kocher hatte nun Bienzle und Gächter bemerkt. »Der Junge ist ein Phänomen«, sagte er.
»Mit dem könnte man auf jedem Jahrmarkt Geld verdienen«, ergänzte Schober.
»Der geborene Spieler«, sagte nun wieder Kocher.
Bienzle fuhr sich mit beiden Händen über den Kopf und strich dann mit seinen Fingerkuppen seine Augenbrauen glatt. »Vielleicht müsste man's doch mal versuchen«, sagte er mehr zu sich selbst.
»Was denn?«, wollte Kocher wissen.
»Den Geza in ein Spiel zu verwickeln, das ihm die Erinnerung an das tatsächliche Geschehen zurückbringt.« Der Kommissar wirkte nun sehr ernst.
»Und wie stellen Sie sich das vor?«, wollte der Gerichtsmediziner wissen.
»Ich weiß es noch nicht, und ich habe auch Angst davor. Auf jeden Fall gehen wir irgendwann mit dem Geza noch einmal in die Markthalle. Der Körner muss allerdings dabei sein.«
»Und warum machen wir das nicht gleich?«, fragte Gächter.
»Weil wir die anderen Möglichkeiten noch nicht ganz ausgereizt haben. Auf jeden Fall will ich zuerst noch mal mit Milena Mechtel reden.«
»Klingt ja sehr mysteriös«, ließ sich Kocher hören. »Darf man erfahren, worum es eigentlich geht?«
»Es geht immer um das Gleiche«, gab Bienzle zurück, »um die Aufklärung des Mordes an Joseph Janicek.«

Als Bienzle und Gächter über den Polizeiparkplatz gingen, brach die Sonne durch die Wolken. Am Morgen hatte es noch geregnet. Jetzt dampfte das Wasser von der Teerfläche weg.
»Viel zu warm für die Jahreszeit«, schimpfte Bienzle.
Gächter sah ihn von der Seite an und schüttelte den Kopf. »Dir kann es zurzeit aber auch niemand recht machen, nicht mal der Wettergott. – Fährst du oder fahr ich?«
»Du natürlich«, brummte Bienzle. »Du setzt mich bei Frau Mechtel ab und knöpfst dir dann den Körner noch mal vor.« Sie stiegen ein, und Gächter ließ den Motor an. »Wann triffst du denn nun die Angelina Sommer?«, fragte Bienzle.
»Schau, schau«, machte Gächter, »du erinnerst dich tatsächlich an ihren kompletten Namen?«
»Ja, was ist jetzt? Habt ihr schon einen Termin?«
»Warum interessiert dich das denn auf einmal so?«
»Jetzt red halt!«
»Morgen, am Sonntag. Wenn's unser Dienst zulässt.«
»Wird schon gehen«, sagte Bienzle. »Ich würd ja morgen auch gern zum Abiturjubiläum nach Tübingen fahren.«
»Muss ja komisch sein, wenn man sich nach vierzig Jahren wiedersieht.«
»Vielleicht nicht so komisch, wie wenn man seine große Liebe nach einem guten Dreivierteljahr auf einmal wiedersieht.«
Bienzle bat Gächter, ihn fünfhundert Meter vor Milena Mechtels Wohnung aussteigen zu lassen. Er wollte die letzte Strecke zu Fuß gehen, um sich die Fragen zurechtzulegen, die er noch stellen wollte. Als er die Beifahrertür öffnete, sagte er: »Ich kann mich ja täuschen, aber ich hab das Gefühl, wir biegen bei diesem Fall auf die Zielgerade ein.«

Gächter sah den Kollegen überrascht an. »Was denn, jetzt schon?«
»Ich sag doch, vielleicht täusche ich mich ja auch.«
Gächter fuhr davon, und Bienzle stapfte die Sattlerstraße hinauf. Er hatte die Hände auf dem Rücken verschränkt und den Kopf weit nach vorne geneigt. Hier oben ging ein frisches Lüftchen. Trotzdem schwitzte er. Der plötzliche Wärmeeinbruch machte ihm zu schaffen.
Milena Mechtel öffnete. Sie trug ein leichtes grünes Kleid aus fließendem Stoff, das ihrem schlanken Körper schmeichelte. Sie war barfuß, ging aber mit derselben Eleganz vor ihm her wie das letzte Mal, als sie hochhackige Schuhe getragen hatte. Bienzle war beeindruckt, aber er hätte sich lieber die Zunge abgebissen, als dieser Frau ein Kompliment zu machen. Freilich hatte er keine Ahnung, warum das so war.
»Trinken Sie ein Glas Champagner mit?«, fragte Frau Mechtel.
»Noi, g'wieß net! Haben Sie denn etwas zu feiern?«
»Es ist eher wegen des Kreislaufs, aber … na ja, ich habe natürlich auch etwas zu feiern. Josephs Notar hat mich angerufen. Das Testament, Sie verstehen?«
Bienzle nickte. »Und Geza?«
»Der bekommt natürlich seinen Pflichtteil. Man muss allerdings einen Vormund finden, der das Vermögen für ihn verwaltet.«
»Na ja«, Bienzle setzte sich unaufgefordert in einen der Ledersessel, »zuerst muss ja auch geklärt werden, was davon rechtmäßig erworben wurde und was auf kriminelle Weise.«
Milena Mechtel starrte Bienzle ungläubig an. »Auf krimi-

nelle Weise? Das ist doch wohl nicht Ihr Ernst.« Sie ließ sich Bienzle gegenüber auf der vorderen Kante des Sofas nieder. Bienzle hatte den Eindruck, das Kleid enthülle ihren Körper mehr, als es ihn verhüllte. Jedenfalls wurde klar, dass sie keinen BH trug. Der Kommissar zwang sich dazu, sich abzuwenden. Er ging zu dem Panoramafenster und schaute auf die Stadt hinab.

Hinter seinem Rücken sagte Milena Mechtel: »Das klingt nach einer bösen Verleumdung.«

»Nein. Das ist das Ergebnis sorgsamer Ermittlungen, Frau Mechtel. Joseph Janicek hat in großem Stil teuerste Juwelen aus unterschiedlichen Raubzügen in Tschechien nach Deutschland geschmuggelt. Luca Santini, den Sie ja ganz gut kennen, hat die Schmuckstücke in ihre Einzelteile zerlegt und neu zusammengefügt, so dass sie nur schwer wiederzuerkennen waren. Der Mann, der das alles organisiert und finanziert hat, war Albrecht Sailer. Joseph Janicek und er waren offenbar Geschäftspartner bei diesen Unternehmungen.«

»Ich glaube Ihnen kein Wort!«

Bienzle drehte sich um. »Das ist alles bewiesen. Und wir wissen auch, dass Ihr Freund Joseph diese Geschäfte seit Montag allein hatte machen wollen. Er wollte seinen Partner ausbooten. Das geht aus einem Geständnis Albrecht Sailers hervor.«

»Ein Geständnis?«

»Ja, Sailer sitzt bei uns in Haft. Wir wissen allerdings noch nicht, ob Joseph Janicek deshalb sterben musste oder ob es einen anderen Grund gab.« Bienzle stieß die Luft aus, als ob er sie die ganze Zeit angehalten hätte.

Frau Mechtel saß sehr gerade auf der Kante ihres Sofas.

Die Beine hatte sie auf eine elegante Weise übereinandergeschlagen. Die Hände waren wie zum Gebet gefaltet. »Was erzählen Sie mir da für Geschichten?!«
Bienzle sah in ihre grünen Augen. »Sie haben von alldem keine Ahnung gehabt?«
»Nein.«
»Und das soll ich Ihnen glauben?«
»Das müssen Sie mir glauben. Albrecht Sailer war doch immer ein guter Freund von Joseph!«
»Und Santini? Bitte sagen Sie nicht, dass Sie ihn erst vor wenigen Tagen kennengelernt haben.«
Eine sanfte Röte flog über Milena Mechtels schönes Gesicht. »Gut. Ich kenne ihn schon lange und habe ihn ungefähr vor einem Jahr mit Joseph zusammengebracht. Joseph fragte mich damals, ob ich einen guten Goldschmied wüsste. Ich habe natürlich gedacht, er wolle einen Schmuck für mich anfertigen lassen.«
»Woher kannten Sie Santini?«
»Muss ich das wirklich sagen?«
»Es wäre sicher gut für Sie.«
»Nun wir … also wir waren mal eine Zeit zusammen.«
»Wann?« Bienzle hatte nicht vor, die Dame zu schonen.
»Bevor ich Joseph kennenlernte.«
»Und Katzbach?«
»Ach, Katzbach.« Sie winkte geringschätzig ab. »Der war vom ersten Tag an in mich verliebt und das – entschuldigen Sie –, das war sehr praktisch für mich. Ich selbst habe nie wirklich etwas für ihn empfunden. Aber bei ihm war das, wie soll ich sagen, er war verrückt nach mir. Und ich glaube, das ist er immer noch.«
Im Stillen wunderte sich Bienzle über den ungebremsten

Redefluss Milena Mechtels. »Eine Obsession nennt man so was«, sagte er nun. »Und wenn dann die Liebe nicht erwidert wird, kann das leicht zum Motiv für einen Mord werden. Zumindest ist das unsere Erfahrung.«
»Ja«, sagte Frau Mechtel.
»Was heißt das: ja?«
»Mich quält schon die ganze Zeit der Gedanke, dass Katzbach es gewesen sein könnte. Einmal hat er zu mir gesagt: ›Wenn ich dich nicht haben kann, soll dich auch kein anderer kriegen.‹«
Bienzle musterte die Frau scharf. Für ihn klang das, als habe sie es in diesem Moment erfunden. Aber warum? Wen wollte sie schützen? Oder musste man die Frage ganz anders stellen? Warum wollte sie Katzbach hinhängen?
Bienzle durchquerte den Raum und stellte sich vor Canalettos Gemälde. »Fahren Sie denn irgendwann wieder nach Prag?«
»Nein«, sagte Milena Mechtel, »das würde ich nicht schaffen. Ich war zu glücklich mit Joseph dort.«
»Wissen Sie, ob Katzbach am Montagabend noch in der Markthalle war?«
»Ich nehme es an. Norbert arbeitet immer lange. Er hat ja praktisch kein Privatleben. Es wäre eine große Ausnahme gewesen, wenn er nicht auch am Montagabend bis neun oder halb zehn Uhr im Büro gewesen wäre.«
Bienzle ging zur Tür. »Sie haben ausgesagt, von Janiceks Geschäften mit den Juwelen nichts gewusst zu haben. Das glaube ich Ihnen nicht mehr.«
»Es ist aber so. Können Sie sich das denn nicht vorstellen, dass mich der Mann, der mich geliebt hatte, da raushalten wollte?«

Bienzle nickte ein bisschen widerwillig. »Kann sein, dass wir Sie morgen noch mal brauchen.«
»Ich bin den ganzen Tag hier.« Frau Mechtel erhob sich von dem Sofa, strich ihr grünes Kleid über den Schenkeln glatt und reichte Bienzle die Hand.

Siegfried Körner wohnte in der Nordbahnhofstraße. Der Eingang zu dem zweigeschossigen Häuschen lag auf der Rückseite. Dort befand sich ein kleiner Hof, in dem sich allerlei Gerümpel stapelte. Eine Ratte huschte davon, als Gächter um die Mauerecke bog. Der Kommissar klingelte. Rechts über ihm öffnete sich ein Fenster. Körner streckte seinen Kopf heraus. »Sie schon wieder!«
»Tut mir leid, wenn ich Sie privat stören muss, aber Samstagnachmittag ist die Markthalle ja zu. Kann ich reinkommen?«
»Nicht so gern!« Aus Körners Wohnung tönte die aufgeregte Stimme eines Sportreporters.
»Sie hören die Bundesligakonferenz?«
»Ja, und?«
»Nichts und. Wie steht es denn im Neckarstadion?«
»Der VfB liegt eins zu null vorne.« Gächters Frage schien Körner milder gestimmt zu haben. »Es ist aber nicht aufgeräumt«, rief er noch und schloss das Fenster. Kurz darauf ertönte der Summer des Türöffners.
Siegfried Körner stand in einem schwarzen Achselhemd und einer laschen grauen Trainingshose unter der Tür zu seiner Wohnung, zu der eine kurze Treppe mit fünf Stufen hinaufführte. Er machte einen Schritt zur Seite, damit Gächter den Korridor betreten konnte. Ein dumpfer Geruch schlug dem Kommissar entgegen. Offenbar pflegte Körner seine

Wohnung nur höchst selten zu lüften. Gegenüber dem Eingang ging es in ein Wohnzimmer, in dem Körner offensichtlich auch schlief. Gächter sah durch die offene Tür eine Matratze auf dem Boden liegen, darauf das zerwühlte Bettzeug.

»Rechts rein!«, rief Körner in Gächters Rücken. Der Kommissar betrat eine kleine quadratische Küche. An der linken Wand, direkt hinter der Tür, brummte ein Kühlschrank, rechts sah er eine Spüle, auf der sich schmutziges Geschirr türmte, und einen alten Gasherd. Unter dem Fenster stand ein kleiner Resopaltisch mit zwei Plastikstühlen. Auf einer Untertasse lag eine halbgerauchte, selbstgedrehte Zigarette, von deren glühender Spitze eine dünne Rauchsäule aufstieg. Überall lagen leere Pizzaschachteln herum und verklebte Aluschalen, in denen Essenkuriere Leberkäse oder Bratwürstchen zum Aufbacken lieferten.

Gächter drehte sich um und sah Körner verblüfft an. »Sie verkaufen die feinsten Delikatessen, und zu Hause lassen Sie sich vom Pizzadienst beliefern? Wenn das kein Kontrastprogramm ist!«

»Kennen Sie doch«, knurrte Körner. »Der Schneider hat die miesesten Kleider, der Schuster die schlechtesten Schuhe.«

»Ja, ja, und der Psychiater müsste selbst in Behandlung«, vollendete Gächter den Satz.

Siegfried Körner lachte kurz auf. Der Radioreporter röhrte: »Tor! Tor! Tor!! Mario Gomez aus vollem Lauf!«

»Was wollen Sie eigentlich noch von mir?« Körner hob die Zigarette von der Untertasse und drückte sie aus.

»Wussten Sie, welche Geschäfte Joseph Janicek noch betrieb – außer seinem Feinkoststand in der Markthalle?«

»Keine Ahnung. Aber dass er irgendwelche krummen Dinger am Laufen hatte, hab ich immer vermutet.«
»Und können Sie mir irgendetwas darüber sagen?«
»Nein. Ich wollte es auch gar nicht wissen.«
»Und über das Verhältnis von Janicek zu Albrecht Sailer?«
»Nee, nur dass Sailer praktisch jeden Tag bei uns am Stand war. Allerdings nur, wenn Janicek auch da war. Wenn ich alleine war, ist der Sailer kaum einmal gekommen. Die zwei sind dann meistens ins Galerierestaurant gegangen, und ich musste die Arbeit machen. Aber das war ja eh so. Janicek ließ es sich gutgehen, und ich musste malochen.«
»Wir haben Albrecht Sailer festgenommen. Er sitzt jetzt in Untersuchungshaft.«
Überrascht hob Körner den Kopf. »Ehrlich?«
Gächter berichtete in kurzen Worten vom Ergebnis ihrer Ermittlungen. Siegfried Körner schaltete das Radio aus, setzte sich auf einen der beiden Küchenstühle und deutete einladend auf den anderen. Gächter blieb lieber stehen. Er hatte eine helle Hose an und befürchtete, dass er auf dem Plastikstuhl kleben bleiben könnte.
Körner drehte sich eine neue Zigarette und zündete sie an. »Da kommt also die ganze Knete her, und unser Stand war nur Fassade?«
»Können wir vielleicht das Fenster aufmachen?«, fragte Gächter.
»Klar. Kein Thema!« Siegfried Körner riss das Fenster auf. Von draußen drang das zänkische Geschrei von Kindern herein.
»Wie war denn Ihr Verhältnis zu Frau Mechtel?«, fragte Gächter.
Körner winkte ab. »Für die hab ich doch gar nicht existiert.

Und mit dem Janicek hätt die sich auch nicht abgegeben, wenn der nicht so stinkereich gewesen wär.«
»Sie sagt, sie habe ihn geliebt.«
»Ihn oder sein Geld?« Körner stieß ein hässliches Lachen aus. »Wahrscheinlich erbt sie jetzt alles.«
»Und wenn?«
Körner stieß mit dem ausgestreckten Zeigefinger seiner rechten Hand in Gächters Richtung. »Da würde ich mal drüber nachdenken an Ihrer Stelle. Wenn die einen gesucht hat, der den Janicek aus der Welt schafft, hat sie den auch gefunden.«
»Denken Sie an jemand Bestimmten?«
»Ich werd mir das Maul nicht verbrennen. Aber in der Markthalle müsste man da ja nicht weit suchen.«
»Sie denken an Katzbach?«
»Das sagen Sie! – Kann ich jetzt den Fußball endlich weiterhören?«
Gächter ging zur Tür. »Nur eine Frage noch: Warum haben Sie uns verschwiegen, dass Sie vom ›Scharfen Eck‹ noch mal in die Markthalle gegangen sind?« Es war ein Schuss ins Blaue, aber offenbar hatte Gächter damit ins Schwarze getroffen.
Siegfried Körner schluckte. Er drückte nervös seine Zigarette aus. »Woher wollen Sie das wissen?«
»Sie sind gesehen worden.« Gächter hatte in so einer Situation überhaupt kein Problem damit zu lügen.
»Gut. Ich war noch mal in der Halle, weil ich meine Tasche vergessen hatte.«
»Wann war das?«
»Keine Ahnung. Gegen halb sieben etwa. Aber ich hab mich da nicht weiter aufgehalten.«

»Kein Wunder, nach dem Streit, den Sie kurz vor sechs Uhr mit Ihrem Chef hatten.«

»Streit? Ich? Mit Janicek?«

»Geben Sie sich keine Mühe, Herr Körner. Auch dafür haben wir Zeugen.«

»Hä?« Körner fuhr hektisch mit seinen Handflächen über den fleckigen Stoff seiner Trainingshose.

»Joseph Janicek wollte mit Milena Mechtel ein neues Leben anfangen. Den Stand wollte er aufgeben. Das wussten Sie.«

»Ja, und?«

»Und Sie haben natürlich gehofft, dass Sie den Stand übernehmen könnten. Unser Zeuge will gehört haben, wie Janicek Sie abfahren ließ.« Gächter zog einen Notizblock heraus. »Warten Sie, ich hab hier wörtlich, was Janicek zu Ihnen gesagt haben soll: ›Du? Du kannst das doch gar nicht. Da wäre bald der ganze Laden im Eimer.‹ Und dann soll er Ihnen noch an den Kopf geworfen haben: ›Wenn einer den Stand auf gar keinen Fall kriegt, dann bist das du!‹«

»Das hat irgendwer erfunden!«

Gächter fuhr unbeirrt fort: »Sie sollen ziemlich gelassen darauf reagiert haben. ›Wenn du dich da mal nicht täuschst!‹, sollen Sie gesagt haben. Und dann sind Sie ins ›Scharfe Eck‹. Dort haben Sie, sozusagen öffentlich, gegen Janicek vom Leder gezogen.«

»Wer sagt das?« Körner schloss das Fenster wieder, als habe er Angst, jemand könnte draußen zuhören.

»›Der soll sich ja nicht so aufspielen‹, haben Sie gesagt. ›Wo würde der Janicek denn bleiben, wenn ich nicht wäre.‹ Und dann kam dieser Satz, der Sie natürlich verdammt verdächtig macht, Herr Körner: ›Dem werde ich's schon noch zeigen!‹«

»Ja, zugegeben, ich war sauer.«

»Aber uns haben Sie erzählt, Janicek habe Sie in den frühen Feierabend geschickt, weil nichts mehr zu tun gewesen sei – eigentlich eine besonders freundliche Geste, oder?«

»Ich hab doch gewusst, dass ich mich womöglich verdächtig mache, wenn ich den Streit zugebe. So blöde bin ich dann auch wieder nicht.«

»Sie sind also noch einmal in die Markthalle gegangen. Was war dort? Wem sind Sie begegnet? Haben Sie etwas beobachtet? Oder sind Sie schnurstracks zu Janiceks Stand gegangen und haben ihm das Messer zwischen die Rippen gerammt?«

»Ich hab nur meine Tasche geschnappt und bin gegangen. Nur den Geza hab ich noch kurz gesehen.«

»Haben Sie mit ihm geredet?«

»Ja, aber nichts Wichtiges.« Körner schaute Gächter nicht an, als er das sagte.

»Danke. Das war's für den Augenblick!« Gächter ging in den Korridor hinaus, Körner blieb regungslos sitzen. Sekunden später steckte Gächter noch einmal den Kopf zur Tür herein: »Wussten Sie, dass Milena Mechtel ein Kind von Janicek erwartete?«

»Ach? Tatsächlich?«

»Das ist also neu für Sie?«

»Ja, sicher. Aber es wundert mich nicht.«

Als Gächter die Wohnung verließ, hatte die Bundesligareportage schon wieder eingesetzt.

Bienzle hatte Gächter vom Auto aus angerufen. »Ich hol jetzt den Geza im Präsidium ab. Könntest du noch auf einen Sprung bei mir daheim vorbeikommen?«
»Kein Problem«, hatte Gächter geantwortet.
Jetzt saßen sie in Hannelores und Bienzles gemütlicher Küche am Tisch. Bienzle hatte ein Glas Nordheimer Trollinger vor sich. Günter Gächter trank ein Bier. Geza hockte bei Hannelore im Atelier auf dem Boden und malte einen Tiger, der an einem Bach trank, während die Malerin ihr letztes Bild, »Blick auf den Hohen Neuffen«, fertigstellte.
»Ich hab mir gedacht, wir stellen die Situation ungefähr so nach, wie sie am Montag gewesen sein muss. Am Sonntag ist ja kein Betrieb in der Markthalle.«
»Gleiche Uhrzeit?«
»Am besten ja.«
»Also zwischen 18 Uhr 45 und 19 Uhr 15? Ich hab mich aber auf halb neun mit Angelina verabredet.«
»Sag ihr halt, es könnt vielleicht a bissle später werden.«
»Und was ist mit deinem Abiturjubiläum?«
»Ich hab ja eigentlich gar keins, weil ich ja auch gar kein Abitur hab.«
»Du willst also absagen?«
»Hab ich schon gemacht!« Bienzle trank einen Schluck. »Wir müssen es so machen, dass alles schon arrangiert ist, wenn einer von uns mit Geza Janicek in die Halle kommt.«
»Okay. Wen brauchen wir?« Gächter zählte an den Fingern ab: »Albrecht Sailer, Siegfried Körner, Norbert Katzbach und Milena Mechtel natürlich.«
»Den Wachmann sollten wir dazuholen«, ergänzte Bienzle. »Wie hieß der gleich noch mal?«

»Wissmann. Ich kümmere mich darum.« Gächter holte sich ein zweites Bier aus dem Kühlschrank.
»Alle anderen bestellen wir auf 18 Uhr 30 zu Janiceks Stand«, entschied Bienzle.
Hannelore und Geza kamen herein. Der junge Janicek trug das Bild, das er gemalt hatte, vor sich her wie eine Trophäe.
»Da, Bienzle, schau!«
Bienzle nickte anerkennend. »Ein Tiger. Sehr schön, Geza!«
Hannelore goss sich ein Glas Wein ein. »Bin ich froh, dass ich das geschafft habe! Jetzt kann ich die Bilder am Montag pünktlich abliefern. – Seid ihr denn auch weitergekommen?«
»Ich denke, dass wir den Fall morgen abschließen«, sagte Bienzle.
Gächter schüttelte den Kopf. »Ich versteh nicht, wo du diesen Optimismus hernimmst. Du bist doch sonst nicht so.«
»Jahrelange Berufserfahrung. Ich spüre das.«
»Meistens behält er ja recht«, meinte Hannelore.
»Gerade deshalb kann er noch lange nicht in Rente gehen.« Gächter stellte sein Bierglas so hart ab, dass es wie ein Ausrufezeichen hinter seinem Satz wirkte.
»Irgendwann muss sowieso Schluss sein«, sagte Bienzle.
»Aber bitte triff deine Entscheidung erst nach unserer St.-Petersburg-Reise«, warf Hannelore ein.
»Warum denn?«
Sie lächelte ihn spitzbübisch an. »Spätestens nach fünf Stunden in der Eremitage kriegst du Heimweh nach deinem Job und deinem Polizeipräsidium.«

Gegen zehn Uhr am Abend, Gächter war schon gegangen, verzog sich Geza Janicek ohne Murren auf sein Lager im Wohnzimmer.
Als Bienzle ins Schlafzimmer kam, saß Hannelore vor der Frisierkommode und trug eine Nachtcreme auf ihr Gesicht auf. Sie sah im Spiegel, wie ernst Bienzle war.
»Du machst dir Sorgen wegen morgen?«
»Ja.« Bienzle nickte. »Der Arzt sagt, für Geza könne ein solches Experiment verheerende Folgen haben. Aber wir kommen an die Wahrheit nicht ran, wenn wir ihn immer nur schonen.«
»Was wird jetzt überhaupt aus ihm?« Hannelore drehte sich um und schlug ihre Beine übereinander.
Bienzle verrieb einen kleinen Cremefleck auf ihrer Stirn mit der Kuppe seines Zeigefingers. »Ich weiß nicht. Er glaubt ja wohl immer noch, sein Vater sei nur verreist.«
»Aber irgendwann wird er begreifen müssen, dass er nicht wiederkommt.«
Bienzle seufzte. »Vielleicht passiert das ja schon morgen, wenn wir ihn noch einmal mit dem Geschehen vom letzten Montag konfrontieren.« Hannelore schlüpfte unter die Bettdecke. Bienzle stand noch immer unbeweglich an der Frisierkommode.
»Was ist, schlägst du dort Wurzeln?«, rief Hannelore.
»Ich kann ja sowieso nicht schlafen.«
»Probier's doch wenigstens.«
Bienzle stieg nun auch ins Bett. Hannelore zog ihn in ihre Arme. Er schmiegte sich an sie, und schon ein paar Minuten später war er tief und fest eingeschlafen.

Gächter saß um diese Zeit vor seinem Fernseher und langweilte sich. Immer wieder nahm er das schnurlose Telefon in die Hand. Ein paarmal hatte er auch schon die ersten Ziffern von Angelinas Nummer gewählt, aber dann doch wieder auf »Aus« gedrückt. In dem Fernsehfilm sagte gerade eine junge Frau: »Aber ich liebe dich doch«, und der dazugehörige Mann antwortete: »Du weißt gar nicht, wie glücklich du mich mit diesen Worten machst.«
»Schwachsinn«, sagte Gächter laut. »Kein Mensch redet so.« Er begann wieder, Angelinas Nummer einzutippen. Im gleichen Augenblick klingelte sein Telefon. Er hätte es vor Schreck fast fallen lassen. »Ja, Gächter hier.«
»Ich bin's, Angelina. Ich wollte fragen, ob es bei unserem Treffen morgen bleibt.« Als Gächter nicht sofort antwortete, rief sie: »Hörst du mich?«
»Ja, ja. Natürlich bleibt es dabei. Ich freue mich doch darauf.«
»Schön. Dann bis morgen.« Sie legte aber noch nicht auf, und auch Gächter hielt das Telefon weiter ans Ohr. Er hörte sie atmen.
»Angelina?«
»Ja?«
»Gute Nacht!«
»Gute Nacht, Günter.« Sie legte auf.

Siebter Tag – Sonntag

Bienzle und Geza hatten gemeinsam gefrühstückt. Hannelore war schon in ihrem Atelier verschwunden, bevor die beiden wach geworden waren. Lustlos stocherte Geza in seinem Müsli herum.
»Was ist denn, hast du keinen Appetit?«, fragte Bienzle.
»Weiß nicht.«
»Was ist denn mit dir?«
»Weiß nicht. Ich bin traurig.«
Bienzle hatte sich schon die ganze Zeit überlegt, wie er den Tag mit dem jungen Janicek herumbringen sollte, bis endlich die geplante Inszenierung in der Markthalle beginnen konnte. Sein Blick fiel auf das Bild, das Geza am Abend zuvor gemalt hatte. Der Tiger am Bach stand, an die Wand gelehnt, auf einem Sideboard. »Magst du vielleicht in den Zoo gehen?«
Das Gesicht des Jungen hellte sich sofort auf. »Au ja!«
Und so saß nun Bienzle auf einer Bank unter einem Fliederbusch, dessen Blüten einen betörenden Duft verströmten, während Geza vor dem weitläufigen Wildkatzengehege kniete und eifrig malte. Hannelore hatte ihm einen Skizzenblock und Farbstifte mitgegeben.
Ein älterer Mann setzte sich neben den Kommissar. »Ist das nicht schön?«
»Ja, schon«, gab Bienzle einsilbig zurück.
»Erst April und schon ein Wetter zum Heldenzeugen!«

Bienzle sah ihn an. Der Satz passte nun wirklich nicht zu diesem alten Mann.
»Ich bin jeden Tag hier«, sagte der Banknachbar.
Wie alt mochte der sein? Älter als er selbst auf jeden Fall.
»Ischt des net a bissle eintönig?«
»Eintönig? Wo denken Sie hin? Hier ist alles jeden Tag neu. Man muss nur beobachten können, verstehen Sie? Man muss sich auf die Tiere einlassen.«
»Sind Sie Rentner?«
»Ja, Gott sei Dank, sonst hätte ich ja die Zeit gar nicht.«
»Und wie lang schon?«
Dem anderen schien es nichts auszumachen, so ausgefragt zu werden. »Seit zwei Jahren. Ich bin damals in den vorgezogenen Ruhestand gegangen. Mit achtundfünfzig.«
Der alte Mann da neben ihm war also genauso alt wie Bienzle selbst. »Oh, du liabs Herrgöttle von Biberach«, entfuhr es dem Kommissar.
»Bitte?«
»Ist nur so ein Spruch.«
Geza kam herüber und zeigte, was er gemalt hatte.
»Das ist ja wirklich sehr gut«, sagte der Mann neben Bienzle anerkennend. »Alle Achtung, junger Mann!«
»Wollen wir gehen?«, fragte der Kommissar.
»Krieg ich ein Eis?«
»Ja, sicher.«
Der Rentner musterte Geza. Die Diskrepanz zwischen seiner äußeren Erscheinung und der Art, wie er sprach, musste jedem auffallen. Als die beiden losgingen, fasste der junge Mann nach der Hand des anderen. Der Rentner schaute dem Paar kopfschüttelnd nach und sagte leise zu sich selbst: »Sachen gibt's!«

Der Tag zog sich in die Länge. Bienzle und Geza waren ein Eis essen gegangen, danach waren sie auf den Fernsehturm gefahren. Geza hatte behauptet, er sei noch nie dort oben gewesen, aber als sie dann die Galerie erreicht hatten, rief er eifrig: »Komm mit! Dort drüben, auf der anderen Seite, ist ein Fernrohr.« Man konnte es nicht sehen. Also wusste es Geza von einem früheren Besuch.
»Ich denke, du bist noch nie hier oben gewesen?«
»Mit dir noch nicht.« Geza feixte. Es war nicht das erste Mal, dass Bienzle das Gefühl hatte, der junge Janicek spiele inzwischen sein eigenes Spiel mit ihm.
Gegen 16 Uhr waren sie wieder in der Stafflenbergstraße angekommen. Unterwegs hatte der Kommissar Kuchen gekauft. Jetzt setzte er einen Kaffee auf.
Hannelore kam aus ihrem Atelier. »Hmmm, riecht das verführerisch.« Sie angelte sofort das größte Stück von dem Pappteller und begann zu essen. »Ich hab heute noch nicht einmal gefrühstückt.«
»Du hast erst letzte Woche geschworen, acht Wochen lang nichts Süßes zu essen!«, sagte Bienzle und nahm sich selbst ein Stück Erdbeertorte.
Hannelore sah auf, um ihre Augenwinkel entstand ein Kranz Lachfältchen. »Ich kann allem widerstehen, nur der Versuchung nicht.«
Geza bediente sich nun auch. Inzwischen war er wieder so schweigsam geworden wie morgens beim Frühstück.
Zwanzig Minuten nach 18 Uhr brachen sie auf. Bienzle hatte beschlossen, zu Fuß zur Markthalle zu gehen. Auf dem Weg sagte er zu Geza: »Du hast doch Vertrauen zu mir?«
»Vertrauen?« Der junge Janicek schien mit dem Wort nichts anfangen zu können. »Meinst du, ob ich dich liebhab?«

»Ja, so könnte man auch sagen.«
»Hab ich!« Gezas linke Hand schlüpfte in Bienzles Rechte. Doch als sie den Karlsplatz erreichten, löste sich der junge Janicek, rannte los und scheuchte lachend ein paar Tauben hoch. Bienzle blieb stehen und schaute auf seine Uhr: 18 Uhr 42. In der Markthalle musste alles vorbereitet sein.

Siegfried Körner nutzte die Zeit. Wenn er sowieso in der Markthalle sein musste, konnte er auch etwas Vernünftiges tun. Er sah die Tomaten durch und sortierte jene aus, die schon weiche Stellen hatten. Dann packte er den Inhalt halbleerer Kisten um. Schließlich fegte er den Stand, obwohl er blitzsauber war.
Günter Gächter kam den Gang herunter. »Sie sind ja überpünktlich!«
»Nicht nur ich!« Körner warf einen Blick zur Empore hinauf. Dort standen Milena Mechtel und Norbert Katzbach. Die beiden unterhielten sich leise, aber erregt, wie es Gächter schien, und schauten auf den Janicek-Stand herab. Der Kommissar sah auf die Uhr. Bienzle musste jeden Moment eintreffen.
Die Tür zur Münzstraße öffnete sich. Zwei Schutzpolizisten brachten Albrecht Sailer herein.
Gächter sagte zu Körner: »Hätten Sie eigentlich nicht damit rechnen müssen, dass Janicek Ihnen seinen Stand nicht überlassen wollte?«
»Nein, überhaupt nicht. Zehn Jahre lang hab ich ihm den Dackel gemacht. Keine Arbeit ist mir zu viel gewesen. Er hat sich total auf mich verlassen können.«
»Na ja, Sie waren ja auch in seiner Schuld.«
»Ja, zugegeben. Das war richtig klasse, wie er sich um mich

gekümmert hat, als ich aus dem Knast kam. Fast so wie um den Geza. Wenn er gut drauf war, hat er immer gesagt: ›Wir sind die drei Musketiere!‹«

»Aber dann hat er sich in die Mechtel verliebt«, sagte Gächter.

»Das haben wir ja alles schon besprochen.«

Gächter konnte ja schwer sagen: »Der Kollege Bienzle will, dass ich das noch mal alles aus Ihnen rauskitzle, und zwar so, dass es der Geza hören kann.« Also sagte er nur: »Wie diese Liebe sich auf Sie ausgewirkt hat – darüber haben wir noch nicht geredet.«

Über Siegfried Körners Gesicht fiel ein Schatten, seine Miene verhärtete sich. »Damit hat alles angefangen. Er hat bloß noch Augen für das Weib gehabt.« Wieder ging sein Blick zur Empore hinauf, wo Katzbach und Milena Mechtel standen. »Ich war auf einmal nur noch Luft für ihn. Der Laufbursche halt. Nie mehr haben wir was zusammen unternommen. Kein einziges Mal hat er mich noch gefragt: ›Was machst du? Wie geht's dir?‹« Körner fegte den Dreck von der Kehrschaufel in einen Müllsack. »Ich frage Sie: Wann hat man so eine Schuld eigentlich endlich mal abgetragen?«

Gächter sah aus den Augenwinkeln, wie sich die östliche Tür zur Dorotheenstraße öffnete. Der Wachmann hielt sie für Bienzle und Geza auf. Bienzle legte den Zeigefinger auf die Lippen. Gächter stellte sich so, dass Körner nicht auf die kleine Gruppe aufmerksam werden konnte. »Die Krönung war dann, dass er Ihnen den Stand verweigert hat. Sie haben Ihre Schürze an den Nagel gehängt, sind in Ihrer Wut erst mal ins ›Scharfe Eck‹ und haben sich Mut angetrunken. Sie sind dann mit dieser Wut im Bauch und diesem Mut im Kopf zurückgekehrt.«

»Jetzt übertreiben Sie aber, Herr Kommissar!«
Gächter ließ sich nicht beirren. »Und dann stand plötzlich Joseph Janicek vor Ihnen. Der war stocksauer, weil Sie einfach abgehauen sind, obwohl ja noch Geschäftszeit gewesen war. Es gab Streit, gemeine Worte. Janicek hat Sie gedemütigt, und dann lag da plötzlich das Messer ...«
»Hören Sie doch auf, Mann! Das war total anders.«
Bienzle und Geza waren jetzt hinter Frau Schierles Stand angekommen. Sie konnten Gächter und Körner von dort aus gut hören. Die beiden Beamten, die Sailer bewachten, standen mit dem Wirt vom »Goldenen Anker« noch immer nahe der Eingangstür.
»Ich hab tatsächlich einen Riesenzorn auf den Joseph gehabt«, stieß Siegfried Körner hervor. »Und ich hab auch gewusst, wie ich mich an ihm rächen kann. Dazu musste ich ihn wirklich nicht umbringen.«
»Und wie sollte das gehen?«
»Über sein Söhnchen natürlich. Der Geza, dieser Halbirre, war ja sein Ein und Alles. Aber jetzt war er im Weg.«
Bienzle sah Geza an. Der junge Janicek stand weit vorgebeugt neben ihm. Sein Körper war aufs äußerste gespannt. Seine Kiefer mahlten. Die Hände ballten sich im Sekundenabstand zu Fäusten. Gleichzeitig hörte der Kommissar, wie Körner weitererzählte: »Ich hab ja schon gesagt, dass ich hierher zurückgegangen bin.«
»Um Ihre Tasche zu holen«, unterbrach ihn Gächter.
»Nein. Die hatte ich bei mir. Ich hab auf einen günstigen Moment gewartet. Vor der Kellertür hab ich dann den Geza gefunden. Er hat die Kartons für den Papiercontainer klein gemacht. Vorgenommen hab ich mir schon vorher, dass ich ihm Bescheid stoßen werde.«

Geza machte einen Schritt nach vorne. Bienzle packte ihn am Arm und zischte: »Warte!«
»Wie: ›Bescheid stoßen‹? Das versteh ich jetzt nicht«, sagte Gächter drüben am Janicek-Stand.
»Dem wär es doch über kurz oder lang genauso gegangen wie mir. Nur dass es für ihn noch viel schlimmer gewesen wäre. Der Joseph und die Mechtel haben doch niemand mehr brauchen können – nur noch sich selber und das Baby.«
Gezas Mund rundete sich, fast tonlos flüsterte er: »Baby?«
Bienzle verstärkte den Griff um das Handgelenk des jungen Janicek. »Komm!«, sagte er und trat zusammen mit Geza zu Körner und Gächter. Katzbach und Milena hatten auf einen Wink Bienzles schon zuvor die Galerie verlassen, und auch Sailer war von den Beamten näher herangeführt worden. Jetzt fragte Bienzle laut: »Und was haben Sie zu Geza gesagt?«
Siegfried Körner fuhr zu dem Kommissar herum. »Ich habe gesagt: ›Du, Geza, komm mal her, ich muss dir etwas sagen.‹«
»Ja«, sagte Geza. Seine Stimme zitterte, und Bienzle, der den Jungen noch immer festhielt, fühlte, wie er am ganzen Körper bebte.
»Und weiter!«, befahl Bienzle. »Was genau haben Sie zu Geza gesagt?«
»Du bekommst ein Geschwisterchen. Und dann hat dein Papa keine Zeit mehr für dich. Dann dreht sich alles nur noch um das Baby. Dich gibt er dann weg, weil er dich ja dann nicht mehr brauchen kann. Du bist nur noch im Weg!«
»Scheißkerl!« Das war Milena Mechtels Stimme.

Bienzle atmete tief ein. Jetzt ließ er Gezas Arm los und trat auf Körner zu. »Können Sie das gerade noch einmal sagen?«
»Warum?«, fragte Körner verwundert.
»Weil's vielleicht wichtig ist!«
Körner wiederholte: »Du bekommst ein Geschwisterchen. Und dann hat dein Papa keine Zeit mehr für dich. Dann dreht sich alles nur noch um das Baby. Du bist nur noch im Weg!«
In diesem Augenblick gellte ein schrecklicher Schrei durch die Halle. Geza stürzte nach vorn, griff an Bienzle vorbei und hatte einen Moment später das große Fleischermesser in der Hand.
Entsetzt rief Bienzle: »Geza! Nicht das Messer! Nicht!«
Der junge Janicek stand direkt vor dem Kommissar. Sein Arm schwang nach hinten. »Papa böse!« Bienzle sprang einen Schritt zurück, stolperte, verlor das Gleichgewicht und stürzte rücklings in einen Stapel Kisten. »Papa böse! Papa böse!«, kreischte Geza. Die Hand mit dem Messer schoss nach vorn. Gächter machte einen Satz und packte Gezas Arm. Doch die Wucht des Angriffs war so groß, dass er ihn nicht vollständig stoppen konnte. Das Messer drang in Bienzles linke Schulter, dann fiel es zu Boden und trudelte über den Gang unter Frau Schierles Obst- und Gemüsestand.
Bienzle rappelte sich auf.
»Ich rufe einen Notarzt«, sagte Gächter.
»Unsinn. Den brauchen wir nicht. Ist ja bloß ein Kratzer«, wehrte Bienzle ab. Zu seinen Füßen krümmte sich Geza, er war nur noch ein zuckendes, schluchzendes Bündel.
Bienzle drückte sein Taschentuch auf die blutende Wunde.

Katzbach sagte: »Hat der Sie jetzt für seinen Vater gehalten?«
»Sagen wir so: Er hat mich an die Stelle seines Vaters gesetzt.« Bienzle beugte sich zu dem Jungen hinab. »Es tut mir leid, Geza. Tut mir leid. Aber es hat sein müssen.«
Geza schaute auf. Dann rückte er zu Bienzle hin und drückte sich in dessen Arm. Sein Schluchzen ging in ein sanfteres Weinen über. Bienzle fuhr ihm über den Kopf. Leise sang der Kommissar in das Ohr des jungen Janicek: »Heile, heile Segen, drei Tag Regen, drei Tag Schnee, morgen tut's schon nimmer weh ...«

»Du hast das die ganze Zeit gewusst?« Während ein Sanitäter Bienzles Schulter verarztete, lehnte Gächter an der Tür des Krankenwagens. Geza hatte sich auf der Liege ausgestreckt. Das starke Beruhigungsmittel, das ihm der Notarzt gegeben hatte, begann zu wirken.
»Gar nix hab ich g'wusst«, knurrte Bienzle.
»Aber du hast doch alles so arrangiert ...«
»Zugegeben, ich hab auch die Möglichkeit einkalkuliert, dass es der Geza war. Aber eigentlich wollte ich nur eine Situation schaffen, in der sich der Junge wieder erinnert. Du weißt doch, was der Doktor Frenzel gesagt hat ...«
Gächter nickte. »Wenn man genau wüsste, was passiert ist, könnte man das Geschehen vielleicht nachspielen. Und dann könnte Geza sich wieder erinnern und alles erzählen. In gewisser Weise ist ja auch genau das passiert.«
Der Sanitäter hatte seine Arbeit beendet. Bienzle krempelte seinen Hemdärmel hinunter und zog die Jacke wieder an.
»Er hat aber auch gesagt, das sei ein erhebliches Risiko für den Patienten«, fuhr Gächter fort.

»Ganz recht! Aber ich hab gedacht, das kann nicht so schlimm werden. Ich hatte ja viel mehr alle anderen im Kalkül: Katzbach, Frau Mechtel, Körner. Am wenigsten Sailer. Aber dass sich Geza an die eigene Tat erinnern würde, das habe ich wirklich nicht vorausgesehen.« Bienzle sah auf seine Uhr. »Sag amal, es ist schon fast halb neun. Du solltest die Angelina nicht warten lassen.«
»Sie kommt hierher. Ich hab mit ihr telefoniert.«
Im gleichen Augenblick bog die junge Frau auf ihrem Fahrrad um die Ecke.
»Warum bestellst du sie hierher? Das macht man doch nicht. Das ist ein Tatort. Wir ermitteln hier.«
»Ja, genau: Ich ermittle nämlich auch«, sagte Gächter.
»Hä?«, machte Bienzle.
»Ich hab gedacht, ich stelle auch mal eine Situation nach.«
»Ich versteh kein Wort.« Bienzle fühlte sich plötzlich nicht mehr so recht behaglich.
In diesem Augenblick hängte sich Angelina bei Bienzle ein und drückte seinen gesunden Arm an sich. »Danke noch mal, Herr Bienzle.«
»Ich wüsst net, für was?«
»Dafür, dass Sie mir geraten haben, den Günter anzurufen.«
»Also doch!«, rief Gächter.
»Ja, und?« Bienzle hatte plötzlich das Gefühl, sich rechtfertigen zu müssen. »War das vielleicht falsch?«
»Ganz und gar nicht!« Angelina küsste ihn auf die Wange, und diesmal wurde Bienzle gar nicht rot.

»Wer hat dich denn geküsst?« Hannelore wischte ungefähr eine Stunde später den Lippenstiftfleck von Bienzles Wange.

»Angelina Sommer, Gächters alte und neue Freundin. Ich hab a bissle nachg'holfe, dass die zwei wieder zusammegefunde habet.« Er zog mit einiger Mühe die Jacke aus.

Erschrocken entdeckte Hannelore den Verband um seine Schulter. »Sag mal, was ist denn jetzt schon wieder passiert?«

»Das verheilt, bis wir nach St. Petersburg fahren«, sagte Bienzle.

Nachtrag: Geza, der natürlich nicht strafmündig war, lebt in einer Einrichtung für betreutes Wohnen. Hannelore besucht ihn manchmal, um ihm ein wenig Malunterricht zu geben. Von seinem Vater hat er nie wieder gesprochen.

ENDE

Felix Huby

Bienzle und die letzte Beichte

Roman

Band 16674

Sieben Morde in sieben Jahren und ein Täter, der auf archaische Weise tötet.

Eigentlich war Ernst Bienzle in den kleinen Ort auf der Schwäbischen Alb gekommen, um den achtzigsten Geburtstag seiner Tante zu feiern. Aber plötzlich muss er erfahren, warum man Felsenbronn auch »das Mörderdorf« nennt. Seit sieben Jahren kommt es immer wieder zu mysteriösen Todesfällen, und keiner konnte bisher aufgeklärt werden. Kein Wunder, dass Kommissar Bienzle seinen Aufenthalt verlängert, um herauszufinden, wer sich anmaßt, hier auf lautlose Weise eigene Urteile zu vollstrecken.

Felix Huby erzählt in seinem neuen Roman eine fesselnde, dramatische Geschichte in einer engen dörflichen Welt.

Fischer Taschenbuch Verlag

fi 16674 / 1